먼 곳의 친구가
보내온 꽃다발

ITBook

먼 곳의 친구가 보내온 꽃다발

마음에 담기는 작은 이야기들 2

책을 열며

문득 한 다발의 꽃을 받은 친구의 이야기를 들은 적이 있습니다.
지금은 먼 곳에서 살고 있는 다른 어떤 친구가 보낸 것이었답니다.
새삼 사랑을 고백하려고 보낸 것도 아니고, 생일이나 뭐 그런 특별한 날도 아니었고, 축하 받을 일 또한 없는데, 그냥 문득 꽃다발을 보내 왔답니다.
먼 곳의 그 친구는 무슨 생각으로 꽃을 보냈을까요.
말없이 생글거리는 꽃들을 들게 된 또 다른 친구는 무슨 생각을 했을까요?

어쩌면 '기쁠 때나 슬플 때나 검은 머리 파뿌리 될 때까지' 정말로 곁에서 우리를 묵묵히 지켜봐 주는 사람은 친구일지도 모른다는 생각을 해 봅니다.
허물이 있어 남들이 탓할 때, 가슴에 생채기가 나서 괴로울 때도 무심한 듯 그러나 변치 않는 애정으로 내 곁을 지켜 주는 사람….

그런 친구가 들려 줄 법한 이야기, 인터넷이란 공간에서 만날 수 있는 따스한 글들을 엮어 보았습니다.
누가 썼는지 알 수 없지만, 때론 서투르고 산만하다는 생각이 들기도 하지만 그 작은 감동은 친구의 이야기이기에 정겹게 다가올 수 있다고 생각합니다.

끝이 보이지 않는 길에서 지쳐 있다면, 모든 일이 잘 풀리는 것 같은데 막상 하루를 마감할 땐 허전한 무언가를 느낀다면, 같은 세상을 살아가는 이름 모를 이들이 들려주는 이야기에 귀 기울여 보세요.
정말로 먼 곳에 있는 그 친구가 당신을 위해 이 글을 썼을지도 모르니까요.

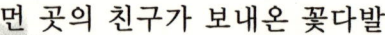

먼 곳의 친구가 보내온 꽃다발

아버지의 이름으로

 아버지란 기분이 좋을 때 헛기침을 하고
겁이 날 때 너털웃음을 짓는 사람이다.

아버지란 자기가 기대한 만큼
아들딸의 학교 성적이 좋지 않을 때,
겉으로는 "괜찮아, 괜찮아" 하지만
속으로는 몹시 화가 나는 사람이다.

아버지의 마음은 먹칠을 한 유리로 되어 있다.
그래서 잘 깨지기도 하지만, 속은 제대로 보이지 않는다.

아버지란 울 장소가 없기에 슬픈 사람이다.

아버지가 아침 식탁에서 성급하게 일어나서
나가는 장소-그곳을 직장이라고 한다-는
즐거운 일만 기다리고 있는 곳은 아니다.

아버지는 머리가 셋 달린 용과 싸우러 나간다.
그것은 피로, 끝없는 일, 직장 상사에게 받는 스트레스다.

아버지는 '내가 아버지 노릇을 제대로 하고 있나?
내가 정말 아버지다운가?' 라는 자책을 날마다 하는 사람이다.

아버지란 자식을 결혼시킬 때 한없이 울면서도
얼굴에는 웃음을 보이는 사람이다.

아들딸이 밤늦게 돌아올 때에
어머니는 열 번 걱정하는 말을 하지만,
아버지는 열 번 현관을 바라본다.

아버지가 최고로 자랑스러워하는 순간은
자식들이 남에게 칭찬받을 때이다.

아버지가 가장 꺼림칙하게 생각하는 속담이 있다.
"가장 좋은 교훈은 손수 모범을 보이는 것이다."

아버지는 늘 자식들에게 그럴 듯한 교훈을 주면서도
실제로 자신이 모범을 보이지 못하기 때문에,
이 점에 있어서는 미안하게 생각도 하고
남 모르는 콤플렉스도 가지고 있다.

아버지는 이중적인 태도를 곧잘 취한다.
아들딸이 자신을 닮아 주길 바라면서도

자신만은 닮지 않기를 또한 바라기 때문이다.

아버지에 대한 인상은 나이에 따라 달라진다.
그러나 그대가 지금 몇 살이든지
아버지에 대한 현재의 생각을 최종적인 것으로 여기지 말라.

일반적으로 나이에 따라 변하는 아버지에 대한 생각은 달라진다.

4세 때, 아빠는 무엇이나 할 수 있다.
7세 때, 아빠는 아는 것이 정말 많다.
8세 때, 아빠와 선생님 중 누가 더 높을까?
12세 때, 아빠는 모르는 것이 많아.
14세 때, 우리 아버지요? 세대차이가 나요.
25세 때, 아버지를 이해하지만, 기성세대는 갔습니다.
30세 때, 아버지의 의견도 일리가 있지요.
40세 때, 여보! 우리가 이 일을 결정하기 전에
              아버지의 의견을 들어봅시다.

50세 때, 아버님은 훌륭한 분이셨어.
60세 때, 아버님께서 살아 계셨다면, 꼭 조언을 들었을 텐데….

아버지란 돌아가신 뒤에도,
두고두고 그 말씀이 생각나는 사람이다.
아버지란 돌아가신 후에야 보고 싶은 사람이다.

아버지는 결코 무관심한 사람이 아니다.
아버지가 무관심한 것처럼 보이는 것은,
체면과 자존심과 미안함 같은 것이 어우러져서
그 마음을 쉽게 드러내지 못하기 때문이다.

아버지의 웃음은 어머니의 그것보다 두 배쯤 농도가 진하다.
울음은 열 배쯤 될 것이다.

아들딸은 아버지의 수입이 적은 것이나
아버지의 지위가 높지 못한 것에 대해 불만이 있지만,

아버지는 그런 마음에 속으로만 운다.

아버지는 가정에서 어른인 체 해야 하지만,
친한 친구나 맘이 통하는 사람을 만나면 소년이 된다.

아버지는 어머니 앞에서는 그렇지 않지만,
혼자 차를 운전하면서는 큰 소리로 기도도 하고
주문을 외기도 하는 사람이다.

어머니의 가슴은 봄과 여름을 왔다 갔다 하지만,
아버지의 가슴은 가을과 겨울을 오고 간다.

아버지!
뒷동산의 바위 같은 이름이다.
시골 마을의 느티나무 같은 크나큰 이름이다.

아저씨의 거짓말

 모 대학 병원 앞에 위치한 잡화상에서 아르바이트를 할 때의 일이었습니다. 그곳은 병문안 가는 사람들을 대상으로 주로 꽃이나 과일, 음료수 따위를 파는 작은 가게였습니다.

어느 날, 40대 중반쯤 되어 보이는 한 아저씨가 과일 바구니를 이리저리 보더니 값을 물어왔습니다. 가리킨 것은 1만 2천 원짜리였죠.

아저씨는 한숨부터 내쉬더니 연신 지갑을 만지작거렸습니다. 살까말까 한참을 망설이는 눈치였습니다. 그러다가 결심한 듯 나에게 물었습니다.

"한 가지 부탁 드려도 될까요? 병원에 입원한 장모님께서 과일을 무척 좋아하셔서 하나 사 드릴까 하는데…. 이 가격이면 아내가 부담스러워 할 것 같네요. 지금 먼저 6천 원을 받으시고, 잠시 후에 아내와 다시 올 땐 6천 원이라고 해 주시면 안 될까요?"

나는 미리 6천 원을 받아들었습니다. 그리고 나서 아저씨는 총총히 병원으로 들어갔고, 약 10분 정도 시간이 지나자 아내와 함께 되돌아왔습니다.

그는 마치 처음 들른 것처럼 과일 바구니 앞을 서성거리다가, 바로 그 과일 바구니의 가격을 물었습니다. 나도 태연스레 6천 원이라고 둘러댔죠.

"여보, 이거 6천 원밖에 안 하네. 어머님 갖다 드리면 참 좋아하시겠지?"

정가에서 무려 절반이 깎인 가격이었지만, 아주머니는 그래도 비싸다는 듯 한동안 망설인 끝에 과일 바구니를 사 가셨습니다.

아내의 손을 다정하게 잡고 가던 아저씨는 뒤를 돌아보며 고맙다는 사인을 잊지 않았습니다. 햇살이 너무나 따뜻한 오후에 있었던 일입니다.

돈보다 귀한 그림

몇 년 전 나는 모 여대 앞에 혼자서도 할 수 있는 조
그마한 옷가게를 차렸습니다. 작지만 처음 하는 사업
이고 뭐든 다른 상점의 주인들보다는 부지런해야겠다
는 생각에, 항상 이른 아침에 가게문을 열었습니다.

그날 역시 일찍 나섰기에 거리는 한산했고 주위에 문을 연 상점도
아직 없었습니다. 가게의 셔터를 올리려고 아래쪽을 보는데 땅바닥
에 못 보던 지갑이 떨어져 있었습니다. 지갑 안에는 150만 원이라
는 큰돈이 들어 있었습니다.

너무 많은 돈이라 그냥 주머니에 넣기에는 양심에 걸려서 문 앞에

'지갑 잃어버린 사람 찾아가시오' 라고 붙여 두었습니다. 바로 다음 날 창백하고 말라 보이는 여학생이 찾아왔더군요.

그런데 지갑 안의 신분증과 얼굴을 확인하고 지갑을 내주었더니 고맙다는 말 한 마디만 달랑 남기고 횡 나가 버리는 것이 아니겠습니까? 보상을 바라고 한 일은 아니었지만 빈말이라도 저녁 한 끼 사겠다고 말할 수도 있을 텐데 싶어서, 조금은 서운한 감이 들었습니다.

그후 한 달 가량 지났을까. 아침에 가게 앞에 도착했을 때, 난 내 가게가 아닌 줄 알았습니다. 가게 셔터에 봄 풍경이 화사하게 그려져 있는 것이었습니다. 너무 놀라 어안이 벙벙한데, 문틈에 끼인 쪽지가 눈에 띄었습니다.

"한 달쯤 전에 지갑 하나를 주우셨죠? 전 그 지갑 주인의 동생입니다. 지갑에 있던 돈은 누나의 입학금이었는데, 그걸 잃어버리고 누나는 너무 울어서 거의 실신상태까지 갔습니다.

어려운 살림에 동생인 저를 먼저 대학에 보내 놓고, 누나도 이제 어렵게 마련한 돈으로 공부를 계속할 생각이었는데….

그렇게 소중한 돈을 찾아 준 분에게 경황이 없어서 고맙다는 말씀도 제대로 못 드렸다고 많이 걱정하더라고요. 사례금도 드려야 마땅하지만…. 저희 사정이 너무 어려워, 해 드릴 수 있는 일은 이것 밖에 없기에 이렇게나마 보답하려 합니다.”

나는 진심으로 고마웠습니다. 그런데 고마운 일은 이것으로 그치지 않았습니다. ‘봄 상품 30% SALE’이라고 어설프게 써 붙여 놓았더니, 다음 날 예술적인 감각의 예쁜 글씨로 바뀌어 있는 것이었습니다. ‘5/1~5/5 내부 수리 중’, ‘신상품 입하’ 등등 뭐든지 써서 붙이기만 하면 어김없이 그런 식으로 바뀌었습니다.

봄이 지나 여름이 오니 셔터의 봄 그림도 시원한 여름 그림으로 바뀌고, 가을이 오면 다시 가을 그림…. 그렇게 3년이란 시간이 흘렀습니다. 나는 밤늦게까지 기다리기도 하고 제발 낮 시간에 가게로 와달라고 쪽지를 몇 번이나 남겼지만 그 학생은 한 번도 찾아오질 않았습니다.

나는 그 가게를 후배에게 양도하고 다른 일을 하고 있습니다. 얼마 전에 그 후배에게 전화가 왔는데 셔터의 그림이 또 다시 여름으로 바뀌었다고 합니다. 얼굴조차 모르는 그 고마운 학생을 꼭 한 번 만나 보고 싶습니다.

모녀의 손가락

 내가 결혼 전 간호사로 일할 때의 일입니다.

아침에 출근해 보니 진료가 시작되기엔 이른 시간이었음에도 이십대 중반의 젊은 아가씨와 머리가 희끗희끗한 아주머니가 두 손을 마주 잡고 병원 문 앞에 서 있었습니다. 아마도 모녀지간인 듯했습니다.

"아주머니, 진료 시작되려면 좀더 있어야 하는데요. 의사 선생님도 아직 안 오셨구요."

내 말에 모녀는 기다리겠다는 표정으로 말 없이 고개를 끄덕였습니다.

내가 업무 준비를 하는 동안에도 모녀는 맞잡은 손을 놓지 않은 채 작은 소리로 이야기를 주고받았고, 엄마는 딸의 손을 쓰다듬으며 긴장된 표정 속에서도 따뜻한 미소를 보여 주고 있었습니다.

잠시 후 의사 선생님이 들어오셨고, 나는 그들을 진찰실로 안내했습니다. 진찰실로 들어온 아주머니는 선생님에게 떨리는 목소리로 이야기했습니다.

"얘, 얘가 제 딸아이예요…. 옛날에, 그러니까, 초등학교 들어가기 전에 얘가 외가에 놀러갔다가 작두에 다쳐서 왼쪽 손가락이 다 잘렸어요. 다행히 다른 손가락들은 제대로 수술해서 붙였는데, 네 번째 손가락만은 그러지를 못 했네요….

다음 달에 이 애가 시집을 가게 됐어요. 사위 될 녀석은 아무래도 괜찮다고 말하지만, 그래도 어디 그런가요. 어미가 못나서 어린 마음에 상처도 많이 줬지만, 그래도 결혼 반지 끼울 손가락 하나 주고 싶네요. 늙고 못생긴 손이지만 제 손가락이라도 대신 붙여 주실 수 있는지…."

그 모녀를 바라보던 선생님과 나는 목이 메어와서 아무 말도 할 수가 없었습니다.

청동조각의 주인공

프랑스 북쪽에 있는 조그만 도시 칼레에는 로댕이 만든 '칼레의 시민들'이란 조각이 세워져 있습니다. 이 청동조각에는 아름다운 이야기가 전해져 옵니다.

백년전쟁을 치르고 있을 때입니다. 영국 왕이 군대를 이끌고 프랑스로 쳐들어왔습니다. 칼레 사람들이 끈질기게 저항했지만 영국 왕은 몇 달 동안 성을 포위하고 식량줄을 차단해 버렸습니다.

결국 성 안의 사람들이 지치고 굶주려 더 이상은 버틸 수 없게 되자, 칼레 시민 대표가 영국군 진지로 가서 항복의 뜻을 전했습니다. 그러자 영국 왕이 냉정하게 말했습니다.

"항복은 받아 주겠다. 그 대신, 너희 시민들 중에서 여섯 명을 뽑아 처형하겠다."

이 말을 전해 들은 칼레 시민이 두려움에 떨고 있을 때, 침묵을 뚫고 생피에르라는 청년이 입을 열었습니다.

"내가 가겠소!"

청년의 그 한 마디에 다른 몇 사람들도 용기를 얻어 나섰습니다. 그런데 마지막 순간 두 사람이 함께 나서는 바람에 목숨을 내놓은 사람은 일곱 명이 되었습니다. 사람들은 제비를 뽑자고 했으나 생피에르는 반대했습니다.

"제비를 뽑는 순간, '나는 살았으면' 하는 마음에 용기가 줄어들 것입니다. 그러니 내일 아침 장터에 제일 늦게 나오는 사람이 빠지기로 합시다."

드디어 이튿날 아침이 되었습니다. 그런데, 여섯 명이 다 모였으나 어찌된 일인지 생피에르만 보이지 않는 것이었습니다.

사람들이 수군거리기 시작했습니다. 안 올 사람이 아닌데 무슨 일이 생긴 건지 걱정하는 사람도 있었고, 정작 자신이 겁나서 꽁무니를 뺀 거라고 욕하는 이도 있었죠. 이상하게 여긴 사람들은 생피에르의 집에 직접 찾아가 보기로 했습니다.

그러나, 대답 없는 그의 집 대문을 부수고 들어갔을 때, 사람들은 눈 앞의 광경에 모두 할 말을 잃고 말았습니다.

생피에르는 이미 싸늘하게 죽어 있었던 것입니다. 죽음을 자원한 사람들의 용기가 약해지지 않도록 스스로 목숨을 끊은 것이었죠.

남을 위해 죽는 것을 두려워하지 않는 칼레 시민들과 생피에르의 이야기를 전해 듣고 영국의 왕은 감동하지 않을 수 없었습니다. 결국 그는 칼레 시민 모두를 성으로 되돌려보내 주었다고 합니다.

마음 속에 담긴 별

우리 마음 속에는 누구나 별이 하나씩 있대요.

그런데
그 별은 우리가 잘못을 저지를 때마다
한 번씩 빙그르르 돈다는 거예요.

흔히,
사람들이 나쁜 짓을 하면 '찔린다' 고 하잖아요.
그건 별이 돌면서 뾰족한 부분으로 찌르기 때문이래요.

사람들이
잘못을 너무 많이 저지르다 보면
나중엔 자기가 잘못을 했는지 안 했는지도 모르잖아요.

그건
별의 뾰족한 부분이 다 닳아서
우리 마음 속을 돌아도 아프지 않기 때문이래요.

두 쌍의 목발

여행에서 돌아오던 우리 가족은 교통 사고를 당하고 말았습니다. 그 사고로 나는 두 개의 목발 없이는 걸을 수 없게 되었고, 나보다는 상태가 양호했지만 아빠도 목발에 의지해야만 했습니다.

나는 사춘기를 보내며 죽고 싶을 정도의 열등감에 시달렸습니다. 하루 걸러 밥도 굶고 책상에 엎드려 울고 있을 때, 내게 위안이 되어 준 사람은 아빠였습니다.

아빠는 나와 똑같은 시련을 겪었기에 나의 아픔을 낱낱이 이해하고 있었습니다. 그런 아빠의 사랑으로 나는 그나마 무사히 사춘기를 넘기고 대학에도 입학하게 되었습니다. 아빠는 내가 자랑스럽다며 눈물까지 글썽거렸죠.

입학하던 날, 식을 마치고 아빠, 엄마와 함께 학교를 나올 때였습니다. 눈 앞에 갑자기 긴박한 상황이 벌어졌습니다. 차가 달려오는 길에 어린아이가 뛰어들고 있었던 것입니다.

그런데 정말 믿을 수 없는 일은 그 다음이었습니다. 아빠가 목발도 없이 아이를 향해 전속력으로 달려가는 게 아닙니까. 나는 휘둥그레진 눈으로 아빠가 그 아이를 안고 무사히 인도로 나오는 모습을 지켜보았습니다.

"아빠…!"

아빠는 못 들은 척, 나와 눈도 마주치지 않고 서둘러 목발을 양팔에 끼고는 앞서 가 버렸습니다. 도무지 믿을 수 없는 아빠의 모습을 보고, 함께 있던 엄마에게 물었습니다.

"엄마도 봤지? 아빠 걷는 거."

나와 달리 엄마는 놀라기보다는 착찹한 표정이었습니다.

"많이 놀랐지? 언젠가는 알게 될 일이었는데, 미안하구나. 아빠는 사실 목발이 필요 없으셔. 그 사고가 났을 때 아빠는 팔만 조금 다

치셨거든. 그런데 네 다리가 그렇게 돼서…. 같은 아픔을 가져야만
너를 위로할 수 있다고 일부러 목발을 짚고 다니신거야."

"왜 그랬어? 왜 아빠까지…."

"아빠는 너를 위로할 수 있다면서 진심으로 기뻐하셨어. 아마 오
늘은 아까 그 어린것도 너처럼 될까봐…."

그동안 마음이 아픈 날이면 나는 늘 아빠 품에 안겨서 울었습니
다. 그때마다 소리내어 운 것은 나였지만, 눈물은 아빠의 가슴 속에
서 더 많이 흘러내렸을 것입니다.

분유와 해외여행

 1998년 11월 14일 경기도 파주시 재해대책본부, 주부 10여 명이 막 도착한 트럭에서 분유통을 한두 개씩 받아 들고 환하게 웃고 있었습니다.

"평생 이렇게 반가운 선물은 없었어요. 물난리 통에 분유 사러 갈 틈도 없고, 할 수 없이 밥을 먹였더니 애가 밤새 설사를 하는 거예요. 어찌나 속이 상하던지….."

주부들을 감동시킨 이 특별한 구호품은 중앙정부나 자치단체가 보낸 것도 아니고 분유 회사의 호의도 아니었습니다. 한 30대 평범한 부부의 10년 정성이 밴 것이었습니다.

이 부부는 신혼여행조차 변변히 다녀오지 못 한 것이 마음에 남아 결혼 10주년 때 해외여행을 가기로 한 뒤 매달 7만 원씩 적금을 부어 왔습니다.

회사원인 남편의 월급으론 결코 적지 않은 액수였고 집 장만이 급해 아파트 중도금으로 쓰고 싶은 유혹도 있었지만, 흔들리지 않았고 결국 1천만 원을 모으게 됐습니다.

하지만 집중호우가 이들의 마음을 바꿔 놓았습니다. 수해지역 어린이들이 분유와 기저귀가 없어 고통받고 있다는 기사를 접한 뒤 이들을 돕기로 결심한 것입니다.

부부는 수재 의연금을 기탁하는 대신 직접 물품을 전달하기로 하고, 분유 6백만 원어치와 기저귀 4백만 원어치를 구입했습니다.

이들의 선물이 전달된 뒤 지역 대책본부와 동사무소에는 "분유도 나이 단계별로 준비하고, 기저귀도 남녀용을 구분하는 등 세심한 배려에 감동했다. 전화로라도 인사를 전해야겠다. 도대체 그분이 누구냐"는 문의가 빗발쳤습니다.

그러나 이들 부부는 이웃을 위해 좋은 일을 한 것만으로 충분하다며 기자들에게조차 이름 밝히기를 사양했습니다.

할아버지의 손잡이

 그날은 정말 추웠습니다. 얼마나 추웠는지, 역에서 전철을 기다리며 서 있는데 손발에 감각이 있는지 없는지조차 모를 지경이었습니다.

왜 이리 전철이 늦게 오나, 종종걸음을 치면서 기다리고 있는데, 중학생 정도 되어 보이는 남자 아이와 다리가 불편한 할아버지 한 분이 계단 손잡이를 잡고서 힘겹게 계단을 오르는 모습이 눈에 들어왔습니다.

별 생각 없이 내려다보고 있자니, 할아버지보다 몇 계단 앞장서서 올라오는 그 아이가 할아버지께서 잡을 계단 손잡이를 열심히 문지르고 있는 게 아니겠습니까.

　처음에 나는 그 또래의 아이들이 그렇듯 무슨 장난을 치고 있는 줄 알았습니다. 그런데 한참을 바라보니 장난이라 하기에는 그 아이의 표정과 몸짓이 너무나 진지했습니다.

　그제야 나는, 그것이 할아버지가 잡을 계단의 손잡이를 자신의 체온으로 미리 녹이는 행동임을 깨달았습니다. 순간 나는 벅차오르는 가슴을 느끼면서 문득 학창시절에 선생님이 들려주셨던 이야기를 떠올렸습니다.

　"우리는 손잡이가 없이도 계단을 오를 수 있습니다. 춥고 매서운 겨울에도 마찬가지죠. 그러나 몸이 너무 불편해서 얼음처럼 차가운 손잡이를 잡아야만 하는 사람의 심정은 어떨까요?"

　자신의 몸을 제대로 지탱할 수 없어 차디찬 손잡이라도 잡아야만 하는 사람의 마음을 우리는 이해하지 못합니다. 비록 어린 학생이었지만 사랑과 배려가 가득한 행동을 보며 나는 또 한 번 많은 것을 생각하고 배우게 됩니다.

엄마의 소원은

 초등학교 6학년 운동회였지요. 나는 선생님의 호루라기가 울리자마자 종이 쪽지가 놓인 바구니를 향해 엄마 손을 잡고 있는 힘을 다해 뛰었어요.

관중석에 앉아 있던 사람들이 웅성거리기 시작했어요. 쪽지에는 남은 거리를 엄마가 학생을 업고 달리라고 쓰여 있었어요. 함께 쪽지를 본 엄마는 무척 당황해 하셨어요. 나는 그런 엄마에게 내 등을 내밀었어요. 잠시 머뭇거리던 엄마가 몸을 기대 왔죠. 엄마를 추슬러 업고선 다시 앞으로 내달렸어요.

웅성거리는 소리는 더욱 크게 들려왔지만 어쨌든 엄마와 내가 다른 선수들을 제치고 일등으로 들어왔죠. 그때 한 아이의 외침이 선명하게 귀에 들어왔어요.

"야, 꼽추다!"

그래요. 우리 엄마는 나를 업지 못하는 곱사등이였어요. 죄를 지은 것도 아니고 남들에게 전염되는 것도 아닌데, 단지 보기 흉해서, 그래서 내가 창피라도 당할까 봐 늘 방 안에서 바느질감을 만지며 아들인 나를 기다리는 게 엄마의 유일한 낙이었죠.

그런 엄마를 온 동네 사람이 모인 운동회에 같이 가자고 죽기살기로 떼를 썼던 건, 엄마가 좀더 사람들과 자연스럽게 어울리길 바랬던 마음도 있었지만, 그게 엄마의 은혜에 보답하는 일이란 생각도 들었기 때문이에요. 엄마는 집 앞에 버려진 나를 친자식처럼 입혀 주고 먹여 준 분이거든요.

그날 운동회를 마치고 돌아오던 길에 엄마는 나를 한 번만 업어 보면 소원이 없겠다고 말씀하셨더랬죠.

그래도 내가 그런 엄마를 진심으로 이해하는 착한 아이는 아니었나 봐요. 사춘기를 지나면서 적잖게 엄마 속을 썩였거든요. 고등학교를 마치고 객지에서 직장생활을 하면서부터는 일이 바쁘단 핑계로 연락도 자주 못 드렸어요.

겨우 자리를 잡아 엄마를 제대로 모실 준비가 되어간다고 생각될 즈음, 엄마가 불쑥 전화를 하셨어요.

"5분만 이야기 할 수 없겠니? 목소리가 듣고 싶어서 전화했다."

나는 특별한 용건이 없으면 업무 중이니 나중에 다시 전화 드리겠다며 서둘러 끊었죠. 그게 엄마와의 마지막 대화가 될 거라곤 상상도 못 했어요.

선천성 구루병 환자의 수명은 남보다 짧으니 너무 상심하지 말라는 의사의 위로에도 불구하고, 내 술자리 접대와 바꿔 버린 엄마와의 마지막 통화는 나를 더욱 후회스럽게 만들었어요.

엄마를 모신 산 중턱은 제법 추웠어요. 아직 풀이 자라지 않아 떼를 옮겨 심은 사이로 벌건 흙이 그대로 다 드러나 보였죠. 엄마의 휘어진 등처럼 둥그런 봉분의 흙을 다독거리며 나는 천천히 그 위에 엎드렸어요. 돌아가시고 나서야 엄마 소원을 이뤄 드리게 됐지 뭐예요.

공주님의 선택

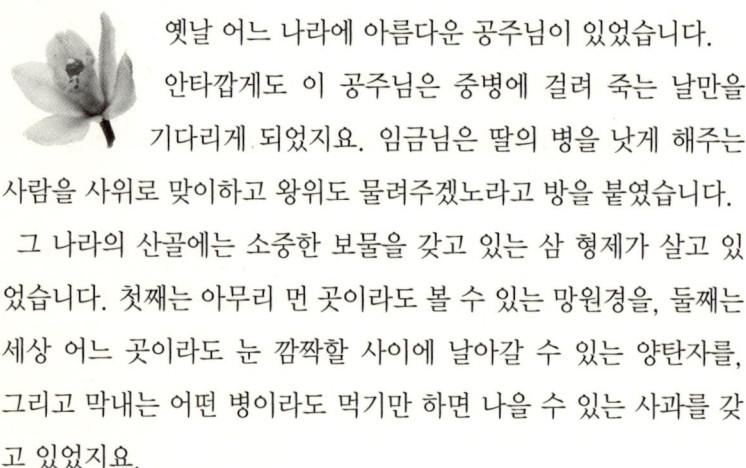

옛날 어느 나라에 아름다운 공주님이 있었습니다.
안타깝게도 이 공주님은 중병에 걸려 죽는 날만을
기다리게 되었지요. 임금님은 딸의 병을 낫게 해주는
사람을 사위로 맞이하고 왕위도 물려주겠노라고 방을 붙였습니다.
 그 나라의 산골에는 소중한 보물을 갖고 있는 삼 형제가 살고 있
었습니다. 첫째는 아무리 먼 곳이라도 볼 수 있는 망원경을, 둘째는
세상 어느 곳이라도 눈 깜짝할 사이에 날아갈 수 있는 양탄자를,
그리고 막내는 어떤 병이라도 먹기만 하면 나을 수 있는 사과를 갖
고 있었지요.

첫째의 망원경으로 임금님의 방을 본 형제들은, 둘째의 양탄자를 타고 재빨리 날아와서, 셋째의 사과를 먹여 공주의 병을 고쳤습니다. 세 가지 보물 중에 한 가지만 없었더라도 공주를 살릴 수는 없었던 일이지요.

자, 이제 공주님은 과연 누구와 결혼하게 될까요?

현명한 공주님은 고민하지 않고 셋째를 선택했습니다. 임금님도 동의하여 셋째에게 왕위를 물려주었죠.

첫째는 여전히 망원경을 갖고 있고, 양탄자도 그대로 둘째에게 남아있지만, 자신의 유일한 보물인 사과를 바친 셋째에게는 아무 것도 남지 않았으니까요.

벌레를 위한 방

 인도에는 '자이나교'라는 종교가 있습니다. 2백만 명 정도의 자이나교 신자들은 아무리 하찮은 미물이라도 그것들의 목숨을 끔찍이 아낀다고 합니다.

예를 들어 자이나교 승려들은 길을 갈 때 빗자루를 든 조수를 꼭 데리고 다닙니다. 그것은 왜일까요?

길을 가다가 우연히 작은 벌레나 거미 따위를 밟을지도 모른다는 생각 때문입니다. 자기도 모르는 사이에 제 발에 밟혀 죽을지도 모르는 작은 벌레들을 위해, 빗자루로 살살 길을 낸 뒤 그곳을 조심스럽게 지나간다는 것이죠.

그들은 또 모기나 하루살이 같은 것이 우연히 자신들의 코나 입으로 들어가 죽는 것을 막기 위해 마스크로 코와 입을 가린다고 합니다.

하찮은 미물의 목숨을 이렇듯 소중히 여기는 사람들이니 큰 짐승들은 더 말할 것도 없겠지요. 길을 잃거나 상처 입은 고양이, 개, 새, 소, 쥐를 돌보기 위해 이들은 수많은 동물 보호소를 운영하고 있습니다. 그 가운데는 벌레를 위한 보호소도 따로 있습니다. 말 그대로 벌레를 보호하기 위해 마련한 방입니다.

자이나교를 열심히 믿는 사람들은 길을 가다가 벌레가 들어 있는 더러운 흙이나 오물덩이를 보면 그것을 조심스럽게 이 방으로 들고 옵니다. 그리고는 방에 그것들을 약간의 곡식과 함께 넣어 둡니다. 이들은 방 하나가 꽉 찰 때까지 그런 일을 계속합니다.

어느 날 방 안이 다 차게 되면 그땐 방문을 닫아 둡니다. 그리고는 10년이고 15년이고 그대로 놓아 두죠. 그러면 방 안에 있는 벌레들은 그 속에서 제 수명을 다하고 죽게 됩니다. 그때서야 사람들은 죽은 벌레를 꺼내 거름으로 쓴다고 합니다.

당신도 저처럼 언젠가 바쁘게 움직이는 개미를 별 생각 없이 "이놈!" 하고 눌러 죽인 일이 있으시죠?

마음으로 보는 야구

 한 아버지와 아들이 있었습니다.

아버지는 눈이 먼 장님이었고 아들은 초등학교, 중학교를 거쳐 고등학교 2학년이 될 때까지 주로 벤치만 지키고 앉아 있는 야구 선수였습니다.

앞이 보이지 않지만, 아들이 주전 투수도 아니지만, 아버지는 아들의 경기가 있을 때마다 경기장 한쪽 구석에 앉아서 아들의 팀을 응원하곤 했습니다.

어느덧 아들이 3학년이 되어 졸업을 앞두고 마지막 대회를 남기고 있던 때였습니다. 뜻하지 않은 사고로 아버지가 세상을 뜨고 말았습니다.

 마지막 대회의 마지막 경기가 시작되었고, 아들이 속한 팀은 7회까지 8대 3으로 지고 있었습니다.

 그때까지 벤치에 앉아 있던 아들이 감독에게 다가가 남은 시간만이라도 공을 던질 수 있게 해달라고 간절히 부탁했습니다. 더 이상 교체할 투수도 없고 해서 감독은 큰 기대 없이 그를 내보냈습니다.

 많은 점수차로 지고 있던 경기를 되돌릴 수는 없었지만 아들은 그동안 볼 수 없었던 놀라운 실력을 보여 주었습니다. 아들이 상대한 어떤 선수도 그의 공을 치지 못 했던 것입니다.

 경기가 끝난 후 아들은 의아해 하는 감독에게 이렇게 대답했습니다.

 "아버지는 장님이라 사실 제가 경기에 나왔는지 안 나왔는지도 잘 모르셨어요. 하지만 이제 돌아가신 하늘에서는 아버지께서도 제 경기를 내려다보실 수 있을 것 같았어요. 졸업하고 나면 더 이상 뛰는 모습도 못 보여 드릴 테니 오늘만은 이를 악물고 던졌고요."

은은한 인사

"너, 할머니 생각나니?"

우리가 탄 고속버스가 약간 경사진 곳을 오르기 시작할 무렵, 아버지가 문득 물었습니다.

하지만 기억이 날 리 없었습니다. 할머니는 내가 겨우 아장아장 걷기 시작했을 때 돌아가셨기 때문입니다. 갑자기 그런 걸 묻는 아버지가 오히려 이상했습니다.

그렇다고 '내가 뭐 천재예요? 아기 때 일을 기억하게?' 하고 우스개로 받아넘길 바도 아니었기에 슬쩍 얘기를 넘겨 버렸습니다.

"할아버지, 할아버지는 생각나세요?"

"그 할망구 죽은 지 벌써 15년이나 됐는데, 생각날 게 뭐 있어."

할아버지는 퉁명스럽게 대답하고는 눈을 감아 버렸습니다. 나이에 비해 건강하다는 소리를 듣는 분이기는 하셨지만 피서 여행에 좀 피로해지신 것 같았습니다.

아버지의 뜬금없는 물음과 할아버지의 짧은 답변 이후 다시 차안은 조용해졌습니다. 차는 이제 고개를 다 오르려는 참이었습니다. 잘 보니 그곳은 작은 묘지였습니다. 그런데 그 조용한 모습이 왠지 아주 낯설지만은 않았습니다.

이상하다고 생각하며 무심코 뒷자리로 고개를 살짝 돌렸을 때, 저는 보았습니다. 잠든 줄 알았던 할아버지가, 아니 자는 척하고 있었던 할아버지가 창문에 얼굴을 대고 행여 우리들 눈에 띌세라 조그맣게 손 흔드는 모습을.

그 모습을 보고서야 난 생각이 났습니다. 이미 해가 지고 어두워지기 시작해서 잘 알아 볼 수 없었지만, 그곳은 할머니가 잠들어 계시는 공원 묘지의 반대편이라는 것을. 그리고 그제야 저는 깨달을 수 있었습니다. 왜 아버지가 문득 그런 질문을 던졌는지, 그리고 가족의 사랑이란 은은한 빛이 얼마나 오래가는 것인지를….

가방 속의 편지

  스물세 번째 결혼 기념일, 나는 미리 점찍어둔 가방
을 아내에게 선물했습니다.
  "당신이 웬일이야?"
  아내는 놀란 얼굴로 선물 포장을 뜯어보곤 무척 기뻐했습니다. 저
녁 준비도 뒤로 미룬 채 가방을 어깨에 걸치고 이리저리 거울에 비
춰 보더군요.
  "와, 너무 예쁘다. 내일부터는 이 가방으로 들고 다닐게."
  아내는 낡은 가방에 들어 있던 물건을 테이블 위에 꺼내 놓기 시
작했습니다. 아내의 가방에는 참으로 많은 물건이 빽빽하게 들어

있었습니다.

끊임없이 나오는 물건들을 보며 감탄하고 있자니, 가방 깊숙한 곳에서 한 묶음이나 되는 편지 다발까지 나오는 게 아닙니까. 2년 전부터 서로의 마음을 확인할 수 있도록 아내와 한 달에 한 번씩 써 온 편지들이었습니다.

그런데 아내는 그동안 내게서 받은 편지들을 모두 가방에 넣어 다녔던 모양입니다. 아내는 다시 새 가방에 그것들을 챙겨 넣으며 말했습니다.

"저 가방엔 다 들어가지 않았었는데 이제 됐네. 당분간 충분하겠어."

"뭣 하러 무겁게 그 편지들은 맨날 가지고 다니는 거야?"

내 물음에 아내는 싱긋 웃었습니다.

"당신 편지가 가득 차서 가방이 무거워지면 내 행복도 그만큼 커지는 거지. 아, 저녁 차려야지!"

소매를 걷어붙이고 돌아서는 아내의 뒷모습이 행복으로 가득 차 보였습니다. 그와 함께 내 마음에도 사랑의 밀물이 밀려들었습니다.

그런 당신을 어머니라 부릅니다.

 어렴풋이 기억납니다. 내가 유치원 다니던 시절, 밤에 고열로 아파할 때 그 높은 산동네에서 나를 들쳐업고 뛰어 내려와 병원으로 데려갔던 당신. 그때 난 보았습니다. 당신의 눈에서 흐르는 눈물을.

처음으로 반장이 된 다음 날 빵과 우유를 50개씩 싸 와서 반 아이들에게 하나씩 나눠 주던 당신. 난 당신에게 짜증을 부렸습니다. 창피하게 학교까지 왜 왔느냐고. 그때 난 보았습니다. 그렇게 버르장머리 없는 나를 자랑스럽게 바라보는 당신의 미소를.

초등학교 5학년 보이스카웃 여행 때, 당신도 따라왔습니다. 가는 곳마다 뒤를 따라다니며 내 모습을 사진에 담아냈던 당신. 유난히도 사진 찍는 것을 싫어하는 나는 그런 당신에게 또 짜증을 냈습니다. 그때 난 보았습니다. 당신의 민망하고도 어색해 하는 웃음을.

우리 집은 그리 잘 살지 않았고, 갈비를 먹고 싶다고 졸라 대도 당신은 사줄 돈이 없었습니다. 모으고 모은 돈으로 하루는 나에게 갈비를 2인분이나 사 주었던 당신. 그때 난 보았습니다. 집에 돌아와서는 부엌에 쪼그리고 앉아 찬밥을 드시는 당신을.

삼류 대학에 입학했을 때, 당신이 마음 속으로 대단히 실망하셨던 걸 알고 있습니다. 하지만 내가 기죽을까 봐 나에게 잘했다고, 수고했다고 다독거려 준 당신. 그때 난 보았습니다. 당신의 미소 뒤에 숨어 있는 서글픔을.

군대 훈련소에서 조교 눈을 피해 몰래 당신에게 전화를 했었습니다. 당신은 뛸 듯이 기뻐했지만, 조교의 눈에 들킬까 봐 채 1분도 통화를 못 하고 끊어야 했습니다. 그때 난 느꼈습니다. 전화를 끊을 때 잦아드는 당신의 젖은 목소리를.

 고참에게 매일 정강이를 채이고 군대에서 휴가를 나왔을 때, 당신은 내가 잠들어 있는 방에 들어와 내 모습을 바라보다가 우연히 퉁퉁 부어 있는 정강이를 보았습니다. 자는 척하고 있었지만 그때 난 들었습니다. 당신이 소리 죽여 우는 것을.

 내가 불혹의 나이가 지나고 당신이 일흔 살의 노인이 되었을 때에도 난 볼 수 있을 것입니다. 내 걱정에 항상 마음 졸일 당신의 모습을.

 그런 당신을 나는 어머니라 부릅니다.

사막에서 얻은 용기

자세한 줄거리는 기억나지 않지만 오래 전 인상 깊게 보았던 영화 이야기를 할까 합니다.

한 어린아이가 비행기 사고로 사막의 한가운데 떨어져 혼자 살아남게 됩니다. 아이의 부모는 아들을 찾으려고 온갖 노력을 다 했습니다. 그러나 워낙 광활한 사막인지라, 비행기 몇 대를 동원해 수색해도 추락한 비행기의 흔적조차 찾지 못 했습니다.

드러내놓고 말은 안 했지만 다른 사람들은 이미 그 아이가 죽었다고 여겼습니다. 아이의 아버지는 그래도 포기하지 않고, 사막에서 살아남을 수 있는 방법과 사막을 벗어날 수 있는 방향 등을 적은 유

인물을 수만 장 인쇄하여 하염없이 하늘에서 뿌려 댔습니다.

한편, 그 아이는 무작정 사막을 걷다가 전갈에 발을 물려 실명의 위기에 이릅니다. 그러나 눈이 멀기 직전에 아버지가 뿌린 전단을 한 장 주웠는데, 하필 종이가 다 찢어져서 이렇게 적힌 한 부분만 겨우 읽을 수 있었습니다.

"얘야, 아빠는 너를 사랑한다."

아이는 앞이 보이지 않는 상태에서도 죽음과 싸우며 이 말 한 마디만을 계속 중얼거렸습니다. 몇 가지 생존 방법은 읽지도 못 한 채 말입니다. 아이에게는 오직 부모가 자기를 사랑한다는 한 마디가 삶의 의지를 준 것입니다.

죽음과 맞서 버틴 아이는 결국 사막에서 구조될 수 있었습니다. 극적으로 아버지의 품에 안긴 그 아이는 아버지를 꼭 끌어안고 울먹입니다.

"아빠는 나를 사랑하죠?"

그리 어려운 일도 아닌데, 왜 우리는 누군가에게 용기를 주는 말 한 마디 못 해 주고 사는 걸까요. 다른 사람에게 의지가 될 수 있다는 사실조차 깨닫지 못 하는 것일까요.

어부와 사업가

 한 부자 사업가가 여행을 떠나 바닷가를 거닐던 중,
배는 부두에 묶어 놓고 그 위에 누워 노래를 흥얼거리
는 어부를 보았습니다.

그런 모습이 낯설어서 사업가가 어부에게 물었습니다.

"이보쇼! 왜 고기잡이도 안 나가고 놀고 있는 겁니까?"

"아, 오늘 몫은 넉넉히 잡아 놓았으니까요."

"필요한 것보다 더 많이 잡으면 좋잖소."

"그래서 뭣 하게요?"

"뭘 하긴, 돈을 더 벌 수 있잖아요. 그 돈으로 더 좋은 배도 살 수 있고, 그러면 고기가 많은 깊은 바다까지 나가 그물질을 해서 더 큰 돈을 만질 수 있지요. 뭐, 배도 여러 척 늘리고 그러다 보면 당신도 나처럼 부자 소리 들으면서 살 수 있지 않겠소?"

어부가 되물었습니다.

"그렇게 부자가 돼서는 또 뭘 하게요?"

"당신도 나처럼 편안히 삶을 즐길 수 있다오."

그러자 어부는 흐뭇한 미소를 지으며 이렇게 말했습니다.

"내가 지금 그러고 있는걸요."

손님보다 급한 택시

그날 역시 통근버스를 타기 위해 새벽에 집을 나섰습니다.

저만치 통근버스가 보이길래 피우던 담배를 끄고 탈 준비를 했습니다. 그런데 웬일인지 버스가 내 앞을 쌩 하고 그냥 지나치는 것이었습니다.

함께 통근버스를 기다리던 다른 한 직원도 저처럼 황당한 표정으로 버스의 뒤꽁무니를 바라보는데, 갑자기 택시 한 대가 우리 앞에 섰습니다. 나이 지긋해 보이는 기사 아저씨가 창문을 열고 우리에게 묻더군요.

"방금 지나간 버스가 회사 통근버스 아닌가요?"

"맞는데요…."

그러자 기사 아저씨는 우리에게 얼른 차에 타라고 손짓했습니다. 영문도 모른 채 차에 오르자, 아저씨는 다음 정차 지점까지 버스를 쫓아가 주겠다고 했습니다.

눈 깜짝할 사이에 일어난 일이라 잠깐 멍해 있었는데, 그제야 이 택시가 왜 우리에게 접근해서 통근버스를 잡아준다고 하는지 의문이 생겼습니다.

마침 기사 아저씨가 멋쩍게 웃으며 말을 꺼냈습니다.

"사실, 통근버스 안에 우리 아들이 타고 있어요."

'그렇다고 왜 우릴…? 아들이랑 같은 회사 직원이라서?'

"우리 아들이 저 통근버스 운전기사예요. 오늘이 처음 운행하는 날이라 혹시나 싶어 뒤따라 와 봤는데 저렇게 실수를 하네요. 이거 원, 미안해서…."

순간 자식을 생각하는 아버지의 마음이란 바로 이런 거구나, 싶어서 가슴이 찡해졌습니다.

시골 버스에서

한여름의 시골길을 버스가 달리고 있었습니다. 먼지로 뒤덮인 버스는 화덕처럼 뜨거웠습니다.

얼마쯤 달리는데 가로수 그늘 밑에서 한 젊은 군인이 손을 들었습니다. 버스가 그 앞에 멈춰 서자, 군인은 커다란 배낭을 안고 버스 맨 앞좌석에 앉았습니다.

그런데 그가 앉고 난 후에도 버스는 떠나지 않았습니다. 왜 안 가느냐고 승객들이 소리쳤습니다. 운전사가 "저어기" 하면서 창 밖을 눈짓으로 가리키자 모든 승객들의 시선이 한 곳으로 모아졌습니다.

멀리서 젊은 여인이 열심히 논둑길을 뛰어오고 있는 모습이 보였

습니다. 버스를 향해 손짓까지 하는 폼이 어지간히 급한 모양이었
습니다.

버스가 드문 시골이라 승객들은 여인이 올 때까지 마음 좋게 기다
렸습니다. 버스에서 내려 바람을 쐬거나 개울물로 세수를 하고 들
어오는 사람도 있었습니다.

얼마 후 여인이 도착했습니다. 그런데 여인은 버스에 탈 생각은
않고 까치발로 차 안을 들여다보기만 하는 것이었습니다. 운전사가
약간은 짜증 섞인 목소리로 빨리 타라고 소리쳤습니다.

잠시 머뭇거리던 여인은 맨 앞좌석의 창을 향해 손을 올렸습니다.
그러자 그 젊은 군인도 창 밖으로 손을 내밀어 그녀의 손을 잡아 주
는 것이었습니다.

"몸 성히 잘 가이소."

"걱정 마래이."

이 광경을 지켜보던 승객들은 너나없이 즐겁고 흐뭇한 미소를 지
었습니다. 여인을 남겨 둔 버스는 다시 먼지를 일으키며 가로수 사
이를 달리기 시작했습니다.

기막히고도 따뜻한 인연

 며칠 전 목욕탕에 가는 길이었습니다. 자매나 친구
사이로 보이는 할머니 두 분이 저보다 앞서 목욕탕으
로 들어가시더군요.

평일 오전이라 그런지, 탕에는 몇몇 사람만이 한가롭게 목욕을 하
고 있었습니다. 나는 할머니들과 건너편에 앉게 되었고, 두 분이 다
정스레 두런두런 나누는 이야기를 안 들을래야 안 들을 수가 없게
되었습니다.

둘 중 누가 먼저 세상을 떠나면 어쩌나 서로의 건강을 걱정하는
등 어르신들이 늘 하는 이야기를 담담하게 나누시더군요. 두 분은

누구보다 사이가 좋아 보였습니다.

"우리 같은 늙은이는 자주 씻어도 냄새가 난다잖우."

"나도 그런가, 동생? 냄새나?"

"아이구 형님, 나야 같은 처지니 뭐 알겠수. 그래도 사람들이 늙으면 곰팡내 난다구 하니까 그렇겠지요."

나이 드신 할머니들이 말씀하시는 게 꼭 아이들처럼 순진해 보여서 나는 탕 속에 들어앉아서도 그 분들을 물끄러미 바라보았습니다. 두 분은 서로 등도 밀어 주고, 음료수 뚜껑을 따 주는 등 오랜 시간 동안 가깝게 지낸 분들 같았습니다.

할머니들을 아는 척하는 아주머니들도 있었습니다.

"노인네들이 무슨 때가 그렇게 많다고 허구한 날 손 붙잡고 오슈?"

"목욕탕에 때 미는 맛으로만 오나? 자기들도 맨날 오면서."

두 분은 아마도 이곳에 이틀 걸러 한 번은 오시나 봅니다. 그저 나이 들어 찜질방에서 결린 몸도 풀고 땀 흘리는 재미 때문에 그러시겠죠. 그래서인지 두 분은 오래지 않아 나가셨답니다.

그러자 이번엔 동네 아주머니들이 두 분에 대한 입방아를 찧기 시

작했습니다. 놀랍게도, 그 할머니들은 조강지처와 첩실의 관계였답
니다.

한때는 바람기 많은 서방을 두고 머리끄덩이 잡고 싸우셨을 두 분
이, 할아버지가 세상을 떠난 후 서로의 자식들을 시집장가 보내고
는 함께 노년을 의지하며 살고 계셨던 거죠.

어떤 이는 악연이라고 말하겠지만, 내가 보기엔 그분들이야말로
하늘이 맺어 준 좋은 인연이 아닐 수 없다는 생각을 했습니다. 노년
의 적적함을 함께 나누고 옛 시절의 추억에 대해 공감할 수 있는 인
연이 이 세상에 얼마나 되겠습니까.

나도 주위를 한번 둘러봐야겠습니다. 지금 당장은 별 볼일 없거나
그리 좋지 않은 사이라 생각되는 사람과도 세월이 흘러 따뜻한 인
연으로 발전할지 모르잖아요.

어머니는 그래도 되는 줄 알았습니다

 하루 종일 밭에서 죽어라 힘들게 일해도
어머니는 그래도 되는 줄 알았습니다.

찬밥 한 덩어리로 부뚜막에 앉아 대충 점심을 때워도
어머니는 그래도 되는 줄 알았습니다.

한겨울 냇물에서 맨손으로 빨래를 해도
어머니는 그래도 되는 줄 알았습니다.

배부르다, 생각 없다, 식구들 다 먹이고 당신은 굶어도
어머니는 그래도 되는 줄 알았습니다.

다 헤진 발뒤꿈치가 이불에 걸려 소리 나도
어머니는 그래도 되는 줄 알았습니다.

남편은 화내고 자식들은 속썩여도
어머니는 그래도 되는 줄 알았습니다.

돌아가신 외할머니가 보고 싶다고 넋두리해도
어머니는 그래도 되는 줄 알았습니다.

그러다,
한밤중 자다 깼을 때
방구석에서 한없이 소리 죽여 울던 어머니를 보았습니다.

아! 어머니는 그러면 안 되는 것이었습니다.

기발한 홍보

 재치 있는 말 한 마디가 사람들의 마음을 돌려놓을 수 있습니다. 여기 영국에서 있었던 일화 두 가지를 소개합니다.

헨리 4세 때, 부녀자들의 사치가 극에 달해서 나라가 휘청거릴 정도였습니다. 정부에서는 이와 같은 악습을 막아 보려고 무던히 애를 썼지만 별다른 효과가 없었죠.

하는 수 없이 의복에 황금이나 보석 따위로 장식하는 것을 금하는 내용의 법을 제정, 공포했습니다.

그러나 역시 법으로 강제해도 성과는 없었으니, 정부의 처지만 곤

란하게 됐습니다. 법을 폐지할 수도 없고, 그렇다고 더 가혹한 형벌을 가할 수도 없는 문제였으니까요.

여러 궁리 끝에 이번엔 그 법에 단서 조항을 추가했습니다.

"단, 매춘부와 사기, 절도범에게는 이 법이 적용되지 않는다."

즉각적인 효과가 나타나기 시작했습니다. 이제부터는 사치스러운 의복을 입고 다니면 그 사람은 매춘부나 사기꾼으로 취급되기 때문이었지요.

이번엔 '달과 6펜스'로 유명한 작가 서머셋 모옴이 젊었을 때의 일입니다. 그가 지은 책이 잘 팔리지 않자, 출판사에서는 광고료만큼도 팔리지 않는 그의 책에 더 이상 돈을 들이려고 하지 않았습니다.

이 소식을 들은 모옴은 런던의 여러 일간 신문에 다음과 같은 결혼 광고를 냈습니다.

"음악과 스포츠를 좋아하며 교양 있고 온화한 감성과 지성을 지닌 젊은 백만장자임. 모든 점에서 서머셋 모옴이 최근 발표한 소설의 여주인공과 꼭 닮은, 젊고 아름다운 소녀와 결혼하길 원함."

그로부터 일 주일 후, 날개 돋친 듯이 팔린 모옴의 책은 런던의 어느 책방에서도 구하기 힘들 정도가 되었습니다.

5-3=2에 숨은 뜻

어떤 모임에서 뜻밖의 질문을 받은 적이 있습니다. 5-3=2, 2+2=4에 무슨 뜻이 들어 있는지 아느냐는 것이었습니다.

"초등학교 산수 시간에 배운 계산아냐? 다른 게 뭐 있어."

그렇게 단순하게 대답을 했는데, 빙긋 웃으며 그 친구가 설명하는 말은 달랐습니다.

5-3=2는 어떤 오해(5)라도 세 번(3)을 생각하면 이해(2)할 수 있게 된다는 뜻이고, 2+2=4는 이해(2)와 이해(2)가 모이면 사랑(4)이 된다는 말이었습니다.

영어로 '이해'를 의미하는 'understand'는 밑(under)이라는 단어와 선다(stand)는 단어가 합쳐져 만들어진 것이라고 합니다. 그 사람보다 낮은 위치에서 생각하고 바라보는 것이 이해라는 말인 듯합니다.

단순한 말장난 같기도 하지만 아무리 큰 오해라도 세 번 생각하면 이해할 수 있고, 그리고 그런 이해와 이해가 모여 사랑이 된다는 뜻풀이는 요즘의 내게 참으로 소중한 비유였습니다.

보이지 않는 방문객

정오쯤 되면 교회에 들어갔다가 3, 4분만에 나오는 초라한 한 노인이 있었습니다.

도대체 저 노인은 뭘 하는 것일까? 이상하게 여긴 목사님은 교회 관리인에게 이 사실을 말하고 그 노인을 만나 물어 보라고 지시했습니다.

"이보쇼, 날마다 뭣 하러 교회에 들어갔다 나오는 거요?"

"나요? 여기 교회 아닙니까. 기도하려고 왔지요."

교회에 들어가는 노인은 관리인의 물음에 이렇게 대답했습니다. 다시 다그치듯이 관리인이 물었습니다.

"무슨 기도를 그렇게 짧게 한답니까? 엉뚱한 짓 하다 망신당하지 말고 사실대로 말씀하세요."

"나 참, 난 많이 배우지 못해서 오래 기도할 줄 몰라요. 날마다 열두 시만 되면 이리로 와서 '예수님, 나요. 나, 진가요' 하다가 그냥 간단 말입니다. 너무 짧긴 하지만 그래도 들어 주실 것 같아서요."

그 초라한 노인이 태평스러운 얼굴로 대답했습니다.

얼마 후에 진 노인이 병에 걸려 병원에 입원하게 되었는데, 그는 그 병동의 분위기를 완전히 바꿔 놓았습니다.

투덜대기만 하던 환자들이 즐거워하고, 가끔 폭소도 터뜨릴 만큼 밝아진 것이었습니다.

이런 분위기를 의아하게 여긴 의사가 진 노인에게 다가와 말을 붙였습니다.

"할아버지, 다들 그러는데, 이 병실 분위기가 이렇게 달라진 것이 할아버지 덕분이라고들 하더군요. 항상 즐거우시다면서요?"

"맞아요. 의사 선생. 난 항상 행복하지. 다 내 방문객 덕분이라오. 날마다 그 사람이 날 기쁘게 하거든."

"날마다 찾아오는 방문객이라뇨?"

의사는 당황했습니다. 담당 간호사의 말로는, 진 노인은 그를 찾는 친척 하나 없는 외로운 사람이라고 들었기 때문입니다.

"그래요? 그 방문객은 언제쯤 오시는데요?"

그러자 진 노인은 자랑스러운 얼굴로 이렇게 대답했습니다.

"날마다 오지. 날마다 열두 시면 내 침대 저쪽에 와서 서 계신단 말이오. 내가 그 분을 쳐다보면 그 은근한 미소를 지으면서 '날세나. 예수네' 라고 말한다구."

들을 수 없는 메시지

 일명 '삐삐'란 호출기가 전성기를 누릴 때였습니다.
나는 이동통신회사의 민원상담 부서에서 근무하고
있었습니다. 2년이 넘게 수많은 고객들과 상담 통화
를 해왔지만, 아직까지도 가슴 속에서 지워지지 않는 이야기가 있
습니다.

그날 따라 불만 고객들이 유난히 많아 은근히 짜증이 나기도 했습
니다. 하지만 업무의 특성상 고객이 욕설을 하더라도 상담원이 할
수 있는 말이라곤 죄송하다는 말밖에 없었죠. 물론 흥분하거나 소
리를 지르는 것도 금물이었습니다.

전화를 건 사람은 목소리로 보아 초등학교 고학년쯤 된 듯한 여자 아이였는데, 내가 전화를 받자마자 대뜸 비밀번호를 알려 달라는 것이었습니다.

"고객 분 사용하시는 번호 좀 불러 주시겠어요?"

"012-386-47○○이에요"

"가입자 성함이 어떻게 되십니까?"

"김철주요."

"가입자가 남자 분으로 되어 있으신데요? 본인 아니시죠?"

"제 오빠예요. 제가 동생이니까 빨리 말해주세요."

"죄송한데, 비밀번호는 본인께만 가르쳐 드릴 수 있습니다."

"오빠는 죽었어요. 죽은 사람이 어떻게 전화를 해요?"

가끔 다른 사람의 비밀번호를 알려고 이런 거짓말까지 하는 경우가 종종 있기 때문에 전 최대한 차가운 목소리로 대답했습니다.

"그럼 명의변경을 하셔야 합니다. 사망진단서와 전화하신 분 신분증, 또 미성년자니까 부모님 동의서를 팩스로 넣어 주십시오."

"뭐가 그렇게 불편해요. 그냥 가르쳐 줘요."

너무 막무가내였기 때문에 저는 부모님을 좀 바꿔 달라고 했습니다. 뭔가 웅성거리는 소리가 들리더니 아이의 아빠인 듯한 사람이 전화를 받았습니다.

"제 아들 철주, 4개월 전에 사고로 세상 떠났습니다."

나는 가슴이 철렁해서 할 말을 잃었습니다. 잠시 정적이 흐르는데 아빠가 딸에게 묻는 소리가 들리더군요.

"비밀번호는 알아서 뭐 하려고 그랬어?"

"엄마가 자꾸 오빠 인사말 들으면서 울기만 하잖아. 그거 비밀번호 알아야 지운단 말야."

아버지가 다시 비밀번호를 알기 위해 필요한 것을 물었습니다.

"예…. 비밀번호는 명의자만 가능하기 때문에 명의변경부터 하셔야 합니다. 의료보험증과 보호자 신분증 넣어 주셔도 가능하고요."

"알겠습니다."

그렇게 전화는 끊겼지만 미안함에 가슴이 짓눌려 오는 기분이었습니다. 잠시 후 나는 조심스레 호출기 번호를 눌러봤습니다.

"안녕하세요. 김철주입니다. 연락 주셔서 감사합니다."

해서는 안 될 일이지만 사서함에 녹음된 메시지도 확인하지 않을 수 없었습니다.

"삐. 첫 번째 메시지입니다. 철주야, 아빠다. 이렇게 음성을 남겨도 들을 수 없다는 거 알지만 오늘은 술 한 잔 했더니 너무 보고 싶어 어쩔 수가 없구나. 미안하다…. 안 춥니? 아빠 안 보고 싶어?"

좀 전에 통화한 아빠의 목소리였습니다.

"삐. 두 번째 메시지입니다. 나야, 엄마야. 흐흑…."

두 번째, 세 번째 메시지에는 엄마의 울음소리만 가득했습니다. 세상을 떠난 아들이 들을 수 없다는 건 알지만 아마도 인사말로 녹음된 자식의 목소리를 들으려 매일 밤을 울며 전화했었나 봅니다. 보다 못한 어린 딸이 인사말을 지우려 했겠지요.

오래 전 일이지만 아직도 잊혀지지 않는 가슴 시린 기억입니다.

폭포 위의 곡예사

 평생을 외줄 타기로 보내온 곡예사가 있었습니다. 그는 조금씩 더 어려운 기술을 개발해야 했습니다. 몇 번만 같은 기술을 사용해도 으레 사람들은 시시하다며 외면했기 때문이죠.

그가 거대한 폭포 위를 건너는 묘기를 새롭게 선보이겠다고 알리자, 관중이 구름처럼 몰려들었습니다. 여느 때처럼 성공하리라 믿는 사람도 있었고, 바람이 많아 이번만은 힘들 거라면서 고개를 가로젓는 사람도 있었습니다.

마침내 곡예사가 외줄 위로 올라가자 많은 사람들이 숨을 죽였습니다. 그가 첫 번째 발을 내딛는 순간, 발이 삐끗하며 주춤거리자 사람들은 놀라움에 가슴이 오그라드는 듯했습니다. 그렇지만 결국 곡예사는 반대편에 무사히 도착했고, 사람들은 미친 듯이 박수를 쳤습니다.

"감사합니다. 무사히 건너왔습니다. 자, 그렇다면 제가 다시 저쪽으로 돌아갈 수도 있을 거라고 생각하시나요?"

사람들은 그의 말에 환호성을 지르고 미친 듯 박수 치며 그를 믿는다는 표시를 보여 주었습니다.

"그럼 제 어깨에 올라타고 저와 함께 건너편으로 가실 분은 나와 주십시오."

갑자기 주위가 조용해지고 말았습니다. 할 수 있을 거라고 박수를 쳤던 사람들이었지만 그 누구도 나서지 못 했습니다.

그런데 누군가가 손을 들고 앞으로 나서는 것이 보였고, 사람들은 웅성거리기 시작했습니다. 나이 어린 소년이었으니까요. 과연 저 아이가 제정신으로 하는 소린지 의심스러웠습니다.

이내 곡예사는 소년에게 미소 짓고는 어깨에 소년을 태우고 줄 위로 올라갔습니다. 아까보다 무게가 더해졌기 때문인지 줄은 크게

출렁거렸고 그만큼 더 위험해 보였습니다. 집중력이 부족한 아이가 줄 위에서 잠깐 딴 생각이라도 하면 곡예사와 아이는 모두 살아남지 못 할 상황이었습니다.

그러나 결국 외줄 타기는 성공했고 곡예사의 어깨에서 내려오는 소년에게 사람들이 앞 다투어 물었습니다.

"넌 어린애가 무섭지도 않니?"

소년은 가볍게 웃더니 이렇게 대답했습니다.

"뭐가 무서워요? 전 아빠를 믿어요."

남편의 딴 주머니

내 친구 영주는 반듯한 외모와 따뜻한 마음씨를 가졌지만 번번이 선보는 남자들에게 퇴짜를 맞았습니다.

어릴 때부터 심장병을 앓았었기 때문이죠. 다행히 대학 때 수술을 성공적으로 받았지만, 그간의 병력과 큰 수술 흉터가 부담스러웠던 모양입니다. 결혼 이야기가 나올 때쯤 영주가 심장병에 대한 이야기를 꺼내면 언제나 남자들은 몸을 사렸습니다.

그런 영주가 나이 서른을 채우고 시집을 갔습니다. 형부가 반 강제로 소개시켜 준 남자와 말이죠.

결혼식이 끝나고 얼마 지나지 않아, 집들이 초대를 받고 다른 친구들과 함께 영주의 신혼집을 찾았습니다.

"몸 약하다고 구박은 없었어? 너한테 잘해 주니?"

영주는 잔잔히 웃으며 남편과 있었던 일 한 가지를 얘기해 주었습니다.

남편이 결혼 이야기를 꺼낼 때에도 영주는 쉽지 않은 말을 털어놓아야 했습니다. 수술해서 다 좋아졌지만 자기는 심장병 환자였으며 가슴에 굉장히 큰 흉터가 있다고. 지금이라도 늦지 않았으니 결혼에 대해 다시 한 번 생각해 보라고.

그러나 남편은 사랑하니까 그런 건 상관없다 말했고, 예정대로 결혼 준비를 진행했습니다. 자신도 직장생활로 피곤했지만 영주가 이곳저곳 다니느라 무리하지 않도록, 많은 부분에 대한 정보를 미리 알아 봐 주었습니다.

또한 영주네 집의 빠듯한 처지를 짐작하고는, 전세 얻을 돈 빼고 남은 전 재산이라며 혼수 준비에 보태라고 통장 하나를 건네주었습니다. 고맙고도 고마운 사람이었죠.

그런데 결혼 한 지 얼마 되지 않아, 영주는 우연히 남편에게 또 다른 통장이 있다는 것을 알게 되었습니다. 거기에는 지난번에 준 통장보다 더 많은 돈이 들어 있었고요.

'넉넉하지 않은 살림에 돈이야 더 있으면 좋은 일이지만, 지난번 통장이 분명히 남은 전 재산이라고 그랬었는데….'

적잖게 섭섭했던 영주는 며칠 후 그에게 직접 물어 보았습니다.

"옷장 정리하다가 나 그 통장 봤어요."

"응? 무, 무슨 통장을 말하는 거지?"

"당신, 나 몰래 딴 주머니 차려고 그래요?"

"그거 참…. 그게 말이야…. 나중에 혹시, 혹시라도, 영주 씨 병이 재발하면 치료비 하려고 비상금으로 놔둔 거야."

그날 영주는 자기가 짐작하지 못 했던 남편의 한없는 사랑에 한참을 울었고, 지금 자기는 이 세상에서 제일 행복한 여자라고 하네요.

늙어 봐야 아는 일

 김 영감님을 만나게 된 건, 5년 전 한 순대가게에서였습니다. 시장을 오갈 때마다 젖을 갓 뗀 아이를 끼고 앉아 좌판에서 순대 한 접시를 먹으며 한숨 돌리는 게 내 시장 나들이의 마지막 코스였던 시절이었지요.

처음에는 영감님도 나처럼 그 순대집 아줌마의 푸짐한 인심에 반해 단골이 되신 줄로만 알았습니다. 그런데 어느 날 낮 막걸리를 드신 영감님에게 뜻밖의 신세 한탄을 듣게 됐습니다.

할머니가 돌아가시고 아들 내외와 지내는 영감님은, 아들이 직장에 있는 동안 며느리와 단 둘이 집에 있어야 하는 게 피차 못할 짓

같아서, 오라는 곳이 있거나 없거나 집 밖으로 나온다고 합니다.

그런데 어찌어찌 겨우 낮 시간을 때우고 아들 퇴근 시간에 맞춰 집으로 돌아가면, 젊은 며느리는 영감님에게 이렇게 묻는답니다.

"아버님, 저녁 드셨죠?"

"어? 어, 그래, 먹었지…"

처음 이 말을 들었을 때, 아들과 함께 상을 받게 될 거라고 기대했던 영감님은 커다란 충격을 받았다고 합니다.

차마 아직 안 먹었다는 말씀은 못 하고 먹은 시늉을 하고 나니, 시아버지 체면에 부엌에 들어가 요깃거리를 내올 수도 없어 저녁을 쫄쫄 굶게 될 때는, 돌아가신 마나님 생각이 난다며 씁쓸하게 웃으셨습니다.

노인네들 주머니 사정이 다 빤한 것이라서 친구를 만나도 저녁만큼은 집에 가서 드시려고 일찍 자리를 파하게 되는 속내를 젊은 며느리가 어찌 알랴 싶기도 해서, 주머니에 돈이 있을 때는 순대집에서 요기를 하고 그것도 여의치 않을 때는 며느리가 밥 준비를 할 시간에 맞춰 허둥지둥 집으로 돌아가신다고 했습니다.

말 없이 순대만 만지던 주인 아줌마가 한 마디 던졌습니다.

"쯧. 아버님, 저녁 안 드셨죠, 하고 '안' 자 하나만 더 붙이면 영
감님 신수가 훤해지실 텐데."

영감님이 허허 웃으며 대꾸했습니다.

"그 '안' 자 하나가 그냥 붙나, 어디? 늙어 보지 않고서야…"

영감님 눈가가 촉촉하게 젖어 드는 것 같아, 난 얼른 고개를 돌리고
칭얼대지도 않는, 잠든 아이를 토닥토닥 두드려 주기 시작했습니다.

화초의 진실

내가 다니던 초등학교에서는 학기초마다 학생들에게 화분을 가져오도록 시켰습니다. '환경 정리'라는 꼬리표를 붙일 화분이었죠. 하지만 엄마는 단 한 번도 이를 아까워하거나 번거로워하지 않았습니다. 그도 그럴 것이, 집 안에 많고 많은 게 화분이었으니까요.

당시, 엄마는 수많은 화초를 키우면서 또 다른 당신을 발견했던 모양입니다. 화초에 물을 주는 일은 엄마의 일과 중 가장 중요하고도 즐거운 것이었고, 그래서 따로 물을 줄 필요가 없는 비오는 날을 가장 싫어할 정도였습니다.

그 해에도 나는 엄마가 신경 써서 골라 준 화분을 학교에 가져갔습니다. 그리곤 한 달 가까이 시간이 흘렀을까요. 선생님께서 수업 중에 말씀하셨습니다.

"너희들이 가져온 화분, 신경 좀 써라. 학교에서 다 죽이지 말고."

그제야 까맣게 잊고 있던 화분이 생각났습니다. 난 수업이 끝나자마자 물통을 들고 내 화분이 놓인 곳으로 달려갔습니다.

그런데, 화분을 보고는 가슴이 덜컹 내려앉았습니다. 화초가 메말라 노랗게 시들어 있었던 것입니다.

엄마가 그토록 정성들여 키우던 화초를 내주셨는데 나는 한 달도 못 가 죽여 놓고 말았으니…. 엄마야 화분이 어떻게 됐는지 모르고 계셨지만, 나는 한동안 엄마의 얼굴을 쳐다보지 못했습니다.

한데 며칠이 지나 어린 내게 또 한 번 놀라운 일이 생겼습니다. 화분의 한 귀퉁이에서 연둣빛 새싹이 돋아나는 게 아니겠습니까? 혹시나 해서 마른 흙에 물을 흠뻑 주었는데, 이런 일이 있을 줄이야. 나는 시든 화초는 생각지도 않고 신이 나서 엄마에게 화분을 갖다 보여 드렸습니다.

엄마는 한동안 새싹을 뚫어져라 바라보더니 약간 굳은 표정으로 잠시 눈을 감았습니다. 그러나 이내 잔잔히 웃으며 내 머리를 쓰다듬어 주셨습니다. 난, 새싹을 키워낸 아들이 대견해서 그러시는 줄로만 알았습니다.

그후 십여 년이 흘렀고, 며칠 전에 몰래 엿본 엄마의 일기에서 나는 뜻밖의 글을 읽게 되었습니다.

"경호가 잡초가 돋아난 화분을 내밀며 새싹이 자랐다고 웃음을 그치지 않는다. 잡초라는 말이 목구멍까지 올라오다가 아이의 미소 앞에 막혀 버렸다. 대신 새 화분을 하나 주었다. 언제까지나 우리 경호가 그렇게 밝게 자라나길….."

무릎이냐 엉덩이냐

실업자인 한 청년이 신문에 실린 구인광고를 읽고 피식 웃었습니다. 정원사를 구하는 광고였는데, 너무나 이색적이었기 때문입니다.

"전에 입던 작업복 바지를 꼭 지참하고 오시오."

그 청년은 조금 어리둥절했지만, 이것저것 생각할 형편이 아니었습니다. 아무튼 몇 년 동안 입었던 작업복을 챙겨 광고를 낸 사람에게 찾아갔습니다.

예상과는 달리 광고를 낸 사람은 깐깐하게 생긴 노부인이었습니다. 그 노부인은 누덕누덕 기운 청년의 바지를 이리저리 꼼꼼하게 살펴보았습니다. 그리고는 내일부터 당장 출근해도 좋다고 그에게 일렀습니다. 단순히, 청년은 바지가 많이 낡아서 자신을 채용하는 것이리라고 생각했습니다.

"제 바지가 많이 낡긴 낡았죠? 열심히 일했더니…"

"옷이야 오래 입으면 당연히 낡게 되지."

"그럼 도대체 낡은 바지는 무엇 때문에 검사하신 거죠?"

그러자 노부인은 청년의 바지를 흔들어 보이며 대답했습니다.

"당신의 바지는 무릎을 기웠더구만. 난 엉덩이 쪽이 기워진 바지를 갖고 온 남자 두 명을 벌써 퇴짜 놨다우."

꼬마가 철학자에게

 우주 속에서 인간이란 무엇인가, 삼라만상이란 무엇인가, 항상 고뇌하는 철학자가 있었습니다.

먼 곳에서 그의 현명함과 명성을 듣고 찾아 온 사람들과의 면담조차도 거절한 채 고뇌하는 나날이 계속되었습니다.

철학자는 그날도 어김없이, 끝없이 펼쳐진 바닷가를 걸으면서 깊은 명상에 잠겨 있었습니다. 무한한 우주 속에서 인간이 차지하는 미미함을 생각하자 알 수 없는 슬픔이 밀려왔습니다.

그런데 문득 정신을 차려 보니 바로 앞에서 천진난만하게 생긴 꼬마 하나가 손바닥만한 바가지로 모래밭에 파인 웅덩이에다 바닷물을 퍼붓고 있는 것이었습니다.

처음에는 무심코 바라보았지만 장난이라고 하기엔 꼬마의 표정이 너무나 심각한 것을 보고, 호기심이 생긴 철학자는 꼬마에게 다가가 물어 보았습니다.

"아까부터 그 바가지로 바닷물을 퍼서 웅덩이에 쏟아 붓는데, 무슨 이유로 그러느냐?"

그러자 그 꼬마가 대답했습니다.

"예, 저는 이 바가지로 이쪽에 있는 바닷물을 몽땅 퍼서 저쪽에 있는 웅덩이에다 옮겨 보려고 합니다. 한 번 작정한 일이니 평생이 걸리더라도 기어코 해내고야 말 겁니다."

철학자는 어이가 없었습니다. 대체 저 아이가 제정신인가 싶었지요. 그가 위엄 있는 목소리로 꼬마에게 타일렀습니다.

"애야, 어떻게 요만한 바가지로 저렇게 무한한 바닷물을 몽땅 퍼서 옮길 수 있겠느냐? 더구나 저렇게 작은 웅덩이에다 말이다. 그러니 이제 그만두고 집으로 돌아가거라."

아이답지 않게 진지한 얼굴로 조용히 듣고 있던 꼬마가 철학자를 보면서 이렇게 되물었습니다.

"선생님, 그러시다면 작은 머리를 가진 선생님께서 어떻게 무한한 우주의 진리를 몽땅 알아내려는 목적에 평생을 바치시겠다고 말씀하십니까?

바닷물은 많긴 하지만 그래도 한계가 있을 것입니다. 그러나 삼라만상을 움직이는 진리는 글자 그대로 무한하고 영원한데, 선생님의 작은 삶으로 어떻게 그것을 몽땅 알아낼 수가 있단 말씀입니까?"

 # 세상에서 가장 특별한 사람

의약

공예

원예

경제

사교

접대

관리

구매

법률

회계

종교

　누구든 이런 일 전부를 해낼 수 있다면 분명 특별한 사람임을 인정하지 않을 수 없을 것입니다. 하지만 그런 사람이 있습니다.
　주부, 아내, 그리고 어머니라고 부르는 사람입니다.

동전 속의 행복

 유난히 가로등 불빛이 아름답게 느껴지던 날, 엄마
의 심부름으로 슈퍼마켓에 들러 삼겹살 한 근을 사 갖
고 돌아오던 나는 아름다운 광경을 보게 되었습니다.
분홍색 원피스를 곱게 차려 입고 머리를 양 갈래로 예쁘게 묶은
여자 아이 두 명이 남루한 작업복 차림의 아빠와 함께 길을 지나가
고 있었습니다.

"아이, 아빠! 한 번 더 해. 이번엔 진짜 우리가 이길 거야."

아빠 바지를 잡고 늘어진 딸들은 치마가 땅에 끌리는 줄도 모르고
계속 떼를 쓰는 것이었습니다. 그러는 딸들이 마냥 예쁜지 아저씨

는 "요 녀석들, 아이스크림이 그렇게 먹고 싶니?" 하고 물었습니다.

"네!" 하고 합창하는 딸들을 보면서, 아저씨는 집게손가락과 엄지손가락 사이에 500원짜리 동전을 올려놓고 '탁' 튕겼습니다. 허공에서 동전이 빙글빙글 돌아가는 것을 보고 딸들은 "앞면! 앞면!" 하고 외쳐 대면서, 아빠 손에 들어온 동전이 앞면일까 뒷면일까 궁금해 죽겠다는 표정을 지었습니다.

이윽고 아저씨가 조심스럽게 주먹을 펼쳐 보였습니다.

"와, 앞면이다! 언니, 이 기러기, 앞면 하기로 한 거 맞지? 아빠, 우리가 이긴 거지? 그럼 빨리 가게 가자!"

신이 나서 슈퍼마켓으로 들어가는 딸들과 함께 아저씨는 함박웃음을 그칠 줄 몰랐습니다.

나는 행복한 그 가족을 지켜보며 생각했습니다. 그 아저씨는 아마 동전 뒷면이 나왔어도 슬쩍 앞면으로 뒤집어 아이스크림을 사 주었을 겁니다. 어릴 때 우리 아빠가 달리기 내기에서 일부러 내게 져주셨던 것처럼….

돌이킬 수 없는 행동

한밤중에 교통 사고가 났습니다. 횡단보도를 건너던 학생이 과속으로 달리던 화물차에 치인 것입니다.

사고를 낸 차는 그대로 달아나 버렸습니다. 마침 그 곳을 지나던 택시 기사가 피투성이가 된 학생을 자기 차에 싣고 인근 병원으로 달려갔지만, 병원 측은 당장 수술이 필요한 그 학생의 치료를 거부했습니다.

"죄송하지만 다른 병원으로 가 보셔야겠습니다."

"뭐요? 병원에서 다 죽어 가는 사람을 그냥 보내도 됩니까?"

"어쩔 수 없습니다. 보호자 동의서도 받을 수 없는 상태고, 병원

비도 누가 댈지…"

사람의 목숨을 앞에 두고 참으로 딱한 처사였습니다.

택시 기사는 또 다시 그 학생을 데리고 다른 병원으로 달려갔습니다. 하지만 그 병원에서도 마찬가지였지요. 사고지점에서 한참 떨어져 있는 세 번째 병원에 도착했을 때, 안타깝게도 학생은 이미 숨을 거둔 뒤였습니다.

뒤늦게 경찰이 도착하여 학생의 신원을 확인했습니다. 연락을 받고 숨이 턱에 닿도록 달려온 그 학생의 아버지는 의사였습니다. 학생의 진료를 매정하게 거부했던 첫 번째 병원의 의사였던 것입니다.

라면에 담긴 마음

얼마 전, 하루 일과를 마치고 돌아오는 아버지께 라면 한 개만 사다달라고 부탁드린 일이 있습니다.

그러자 아버지께선 알았다고 말씀하셨지만 다른 용건이 있었던 것도 아니고, 일부러 전화까지 해서 피곤한 분에게 그런 부탁을 한 게 좀 마음에 걸리기도 했습니다.

그로부터 삼십여 분 정도 지났을 무렵, 아버지께서 대문을 열고 들어오셨습니다. 약간 술이 취해 있는 아버지의 한 손에 비닐봉지가 들려 있었습니다.

그런데 나는 분명히 한 개라고 했는데, 봉지에는 다섯 개나 되는 라면이 들어 있는 것이었습니다.

"아빠, 한 개라고 그랬는데 왜 이렇게 많이 사오셨어요?"

"응. 네가 좋아하는 라면이 어떤 건지 몰라서 이것저것 하나씩 사왔지. 우리 아들이 무슨 라면 좋아하는지도 모르고, 미안해, 우리 아들!"

나를 끌어안아 주는 아버지에게서 술 냄새와 작업장의 기름 냄새가 풍겨왔지만, 내 마음은 찡했습니다. 아들인 나는 아버지의 사랑을 잊고 있었지만, 언제나 아들을 지켜보고 있는 아버지….

쑥스러워서 입으로 말씀 못 드렸어도 마음속으로는 말하고 있습니다.

아버지. 사랑합니다.

두 번째 남편의 선물

 그녀는 대학시절 장래가 촉망되는 미술학도였습니다. 커다란 미전에 당선될 정도로 그녀의 그림은 신선하고 우수했습니다.

그런 그녀가 전시회에서 우연히 만난 남자와 결혼하게 됐습니다. 그는 미술 평론집도 몇 권을 내었으며, 신문, 잡지에 칼럼 연재도 싣고 있을 정도로 유명한 평론가였습니다. 주위의 모든 사람들은 이제 그림이 더욱 발전할 것이라며 그녀를 부러워했습니다.

하지만, 예상과는 달리 그녀의 그림 색채는 빛을 잃고 어둡고 우울하게 변해갔습니다. 남편은 서로 미술관이 달랐는지 단 한 번도 그녀의 그림에 대한 평가를 제대로 해 주지 않았습니다.

평론가의 명성은 갈수록 높아졌지만 그녀는 명성은커녕, 어느 순간부터는 내내 살림만 하게 되었죠.

그러던 어느 해, 평론가가 갑작스런 사고로 세상을 떠났습니다. 몇 년이 흐른 후 그녀는 자연스레 한 사업가와 재혼하게 됩니다.

이제 평범한 주부로서 집안 청소를 하던 그녀는 창고 안에 포장된 채로 두었던 자신의 오래 전 그림을 문 밖에 버렸습니다. 더 이상 그림에 대한 미련을 남기지 않기로 결심한 것입니다.

퇴근하고 돌아오던 남편이 대문 옆에 있는 그림을 갖고 들어왔습니다. 그림에 대해서는 문외한이었지만 거실에 여러 개의 그림을 걸어 둘 정도의 소양은 갖고 있는 사람이었습니다.

"여보! 이거 우리 집에서 버린 거 맞지? 괜찮은데 왜 버렸어? 거실에 걸어도 좋을 거 같은데."

"농담하지 말아요."

"아냐. 정말로 거실에 어울릴 것 같은데."

남편은 금방이라도 수백만 원을 호가하는 그림을 떼어 내고 대신 부인의 그림을 걸 기세였습니다. 그녀는 그런 남편의 태도에 적잖게 놀랐습니다.

"그거 대학시절에 내가 그렸던 거예요."

"정말? 그런데 왜 이제껏 한 번도 그림을 안 그렸지?"

"실력이 안 되니까요."

그녀는 얼굴을 붉히며 조용히 대답했습니다.

"음…. 그림을 다시 시작해 보는 게 어떻겠어?"

"붓에서 손을 뗀지도 벌써 10년이 넘었어요."

"10년이면 어떻고 20년이면 어때. 그게 무슨 상관이겠어."

남편은 곧 그녀를 위해 방 하나를 비워 작업할 수 있는 공간을 만들어 주었습니다.

몇 년이 지난 후 그녀만의 전시회가 열렸습니다. 그녀의 그림은 신문에도 소개될 정도로 커다란 호평을 받았습니다. 그녀는 다시 그림을 그리게 된 사연을 묻는 기자에게 이렇게 대답했습니다.

"제가 자신감을 가지고 의욕적으로 붓을 잡게 된 건 남편이 건네준 관심과 칭찬 덕분입니다. 퇴근하고 돌아온 남편은 피곤함 속에서도 제 그림에 대한 감상을 말해 주었지요. 남편을 위해서라도 그림을 소홀히 할 수 없었어요."

맹인과 선생님

 한 청년이 사고로 양쪽 눈의 시력을 다 잃어버렸습니다. 비관에 빠진 그는 살 의욕조차 잃을 지경이었습니다. 가족들은 상의 끝에 앞 못 보는 이들을 위한 맹인 학교로 그를 보냈습니다.

처음 학교에 도착한 청년의 안내를 맡은 선생님은 맑고 투명한 목소리로 자기 소개를 하더니, 청년을 건물 현관으로 데려갔습니다.

"자, 이제 우리는 현관 밖의 층계를 내려갈 것입니다. 층계는 모두 열 개의 돌계단으로 이루어져 있습니다. 발을 대 보면 금방 느껴질 것입니다. 계단을 다 내려가면 오른쪽으로 돌아서 화단 앞을 지

날 겁니다. 그 다음엔 교정을 한 바퀴 돌겠습니다.

 교정을 지나는 동안 각 교실에서 풍기는 냄새를 잘 기억해 두십시오. 제 말을 잘 기억하고 그대로 가 보세요. 혹시 미심쩍거나 무슨 일이 생기면 제 손이 항상 당신의 팔꿈치 근처에 있으니까, 그걸 잡으세요."

 선생님의 친절한 설명에 청년의 마음은 금새 편안해졌습니다.

 그는 층계를 하나하나 세면서 내려갔습니다. 오른쪽으로 돌아가니 보이지 않아도 화단이 있다는 게 느껴졌습니다. 꽃향기가 청년의 코끝을 간지럽혔기 때문입니다.

 청년은 교정을 한 바퀴 다 돌면서 마음 속에 생기는 자신감을 느꼈습니다. 선생님과 함께 자신의 숙소까지 다다른 그 청년은 진심으로 고개를 숙였습니다.

 "너무나 감사합니다. 저같이 눈먼 사람의 입장을 선생님께선 정말 잘 이해하고 계시군요."

 그러자 선생님이 이렇게 대답했습니다.

 "이해하고 말구요. 저도 앞을 못 보는 사람인걸요."

해바라기 사랑

해바라기는 그게 운명이었어요.
그저 해를 사랑할 수밖에 없었죠.
거부할 수 없는 정해진 운명이었기에
운명에 복종할 수밖에 없었죠.

해바라기의 소원은
한 번만 해를 만져 보는 것이었어요.
그렇지만 가까이 하기에는 해가 너무 높이 있었기에
해바라기는 안타깝기만 했어요.

해바라기는 자기의 키를 키워 나갔어요.
바람이 불면 꺾일 위험이 있다는 걸 알았지만
자기 자신을 지키는 일보다는
해에게 가까이 가려는 바람이 더욱 간절했으니까요.

그렇게 자꾸만 손 내미는 해바라기를
해는 물끄러미 바라만 보았죠.
해바라기는 그런 해가 원망스러웠지만
너무나 사랑하기에 계속해서 다가가려 노력했어요.

하지만 해바라기도 너무 긴 기다림에 지쳐서
그만 고개를 숙이고 맙니다.
그 길었던 기다림을 마감하면서
해바라기는 자신의 생애 또한 마감합니다.

해바라기는 죽는 순간에도 해를 포기하지 않았어요.
해에 대한 사랑과 기다림으로 까맣게 타 버린

동그란 마음을 남겼죠.

마음의 조각들은
또 다시 해를 향한 기다림의 사랑을 준비합니다.
끊임없는 기다림
그게 해바라기의 운명이니까요.

외눈을 가진 친구

 베트남 전쟁이 막 끝난 뒤, 대전에 있는 어느 집에 전화가 걸려 왔습니다.

"엄마, 저예요. 막내 정태예요."

전화 저편에서 들려 오는 목소리는 분명 집안의 반대에도 불구하고 베트남 전쟁에 자원입대한 정태의 것이었습니다. 밤낮을 가리지 않고 아들이 살아 돌아오기만을 빌어 온 어머니는 막내아들의 이름을 부르며 울음을 터뜨렸습니다.

"엄마. 울지 마세요. 저 제대해요. 집으로 돌아가겠습니다."

어머니를 달래는 막내아들의 목소리도 젖어 있었습니다.

"그런데 어머니, 친구 하나를 데리고 갈게요. 전쟁터에서 항상 저를 보살펴 주고, 제 생명까지 구해 준 친구인데 지금은 많이 다쳤어요. 하지만 딱하게도 갈 집이 없대요. 우리와 함께 살았으면 하는데, 같이 가도 될까요?"

소식 없던 아들이 무사히 돌아온다는 사실과 아들의 생명을 건진 은인이라는 말에 어머니는 눈물을 훔치며 대답했습니다.

"오냐, 그래라. 우리와 당분간 같이 살자꾸나. 지금 어디 있니? 빨리 오너라."

하지만 아들은 어머니의 '당분간'이란 말에 그 친구와 떨어질 수 없다고, 늘 함께 살겠다고 말했습니다. 어머니는 할 수 없이 한 1년쯤 함께 살자고 다시 말했습니다. 막내아들은 한숨을 들이키며 잠시 멈췄던 말을 이었습니다.

"이 친구는 저를 대신해서 다쳤어요. 외눈에, 외팔에, 다리도 하나밖에 없다구요."

어머니는 그 말에 감정을 억제 못 하고 벌컥 화를 냈습니다.

"애야, 왜 이렇게 감상적이니. 그 친구는 결국 너의 짐이 되고 말거야. 그런데도 그런 친구와 평생을 같이 하겠다는 거니?"

"짐이 된다구요?"

목소리에 힘이 빠진 것 같더니 막내아들은 어머니가 채 말을 잇기도 전에 전화를 끊어 버렸습니다. 어머니는 애타는 심정으로 아들의 연락을 다시 기다렸습니다. 그러나 다음날도, 그 다음 날도 아들의 소식은 없었습니다.

전쟁터에서도 살아 왔는데 설마 무슨 일이 있으랴, 집에 오는 중이리라 생각하며 어머니는 애써 마음을 달랬습니다.

그러던 어느 날 군에서 전보 한 장이 날아들었습니다. 아들이 국군통합병원에서 자살했다는 내용이었습니다. 믿을 수 없었습니다. 친구와 함께 집으로 오겠다던 아들의 생생한 목소리가 귓가에 맴도는 것만 같았습니다.

막내아들의 시체를 확인하러 병원으로 찾아간 어머니는 그만 너무 놀라 쓰러지고 말았습니다. 아들은 부상으로 외눈에, 외팔에, 외다리가 되어 있었던 것입니다.

왕 씨네 중국집

 번화한 골목에 음식점이 즐비하게 늘어서 있었습니다. 그 골목은 항상 오가는 행인들로 들끓는 장소였기 때문에 음식 장사 하기엔 더없이 좋은 자리였지요.

이 골목에서 처음부터 중국 음식점을 운영하며 쟁쟁한 명성을 유지하고 있었던 왕 씨에게도 경쟁상대가 생겼습니다. 중국 음식점이 잘 된다는 사실을 눈치 챈 오른쪽 칼국수 집에서 내부시설을 화려하게 개조한 후 중국 음식점으로 업종을 변경한 것입니다.

새로 생긴 경쟁자 때문에 독점적으로 운영해 오던 식당의 손님이 자꾸 줄어들자 왕 씨는 안달이 났습니다. 그런 와중에 이번엔 바로 왼쪽으로도 중국 음식점이 들어선다는 소식이 들렸으니, 왕 씨의 걱정은 이만저만이 아니었습니다.

'이번에는 왼쪽이라고? 이렇게 좁은 골목에 중국집만 나란히 있으니, 가운데 옹색하게 틀어박힌 우리 집은 이제 망했구나.'

나란히 중국집 세 개가 늘어서니 서로 경쟁하는 꼴 또한 가관이었죠. 왼쪽 집에서 '원조 북경식 중국요리'라는 간판을 내걸면 오른쪽 집에서 이에 질세라 '진미 홍콩식 중화요리'라는 간판을 내거는 식이었으니까요.

두 집 사이에 파묻힌 왕 씨네 음식점은 이대로 가다간 손님을 모조리 빼앗기게 될 형편이었습니다. 왕 씨는 이에 대처하기 위해 필사적인 방법을 강구해야만 했습니다.

그러다 기발한 생각이 떠올라 가게 문 앞에 커다란 간판을 세우게 됩니다. 왼쪽은 북경식, 오른쪽은 홍콩식이니 '중국 통틀어 제일' 따위의 문구를 상상할 수도 있겠지만, 그건 아니었습니다.

오가는 사람들의 눈에 잘 띄게 커다랗게 세워 놓은 간판에는 이렇게 쓰여 있었답니다.

"중화요리 식당 입구."

4천 원짜리 양복

 아버지의 사업이 어려워지면서 요즘 우리 가족은 좀처럼 웃는 일이 없었습니다. 그런데 얼마 전 열두 살 차이가 나는 막내 덕분에 한바탕 크게 웃었습니다.

우리 집 바로 앞에 있는 세탁소 유리문에는 '양복 한 벌 4천 원'이라고 커다랗게 쓰여 있습니다. 그런데 막내는 양복 한 벌 값이 4천 원이라고 생각했었나 봅니다.

얼마 전 아버지의 생신날 밤이었습니다. 우리 네 딸과 막둥이가 정성을 다해 쓴 편지와 선물을 드렸더니 아버지는 그 편지를 하나하나 큰 소리로 읽으셨습니다. 내 편지를 시작으로, 둘째, 셋째의 편지를 읽으셨고, 이내 막내의 편지 차례가 되었습니다.

"아버지, 생신 축하드립니다. 아버지의 생신을 기념해서 선물을 살라고 그랬는디 돈이 모자라서 사지 못 했어요. 양복이 4천 원이라고 해서 열심히 돈을 모았는디 3천 2백 원밖에 못 모아서요. 아버지 지송해요. 다음 생일에는 꼭 양복 사드릴게요."

사투리와 어색한 존댓말을 섞어 가며 쓴 편지였습니다. 식구들 모두 웃음이 터져 나왔습니다. 그런데 한참을 웃다 보니 이상하게 눈물이 났습니다.

그냥 있는 돈에 맞춰 대충 선물을 골랐던 나와는 다르게 한달 전부터 군것질이나 장난감도 마다하고 몇 백 원씩 돈을 모았고, 그렇지만 양복을 사지 못 해 미안한 마음을 솔직하게 털어놓는 막둥이의 마음씀이 어찌나 예쁘고 고마웠던지….

그날 밤 나는 잠을 이루지 못했습니다. 막둥이의 잠든 모습을 보면서, 이렇게 조그만 몸에도 부모를 생각하는 마음이 흐르는구나 생각하니 큰딸인 내가 부끄러웠습니다. 효도는 나이가 들어서 물질적으로 하는 게 아니라 마음으로 하는 것이란 걸 배웠습니다.

막내야. 정말 고맙다. 네가 있어 너무나 행복하구나.

고독형에 처하노라

고결한 인품의 명판사가 정년퇴임을 앞두고 마지막 재판을 하게 됐습니다. 연쇄 살인범에 대한 재판이었는데, 사형이 마땅하지만 이미 사형제도는 폐지되었기에 명판사는 내릴 수 있는 최고의 형벌을 찾아냈습니다.

"그의 범죄는 어떤 형벌일지라도 모자람이 있고, 또한 어떤 형벌을 주어도 그는 회개하지 않을 것이다. 때문에, 이 세상에서 가장 무거운 형벌인 '고독형'을 내리겠다. 그는 육지와 멀리 떨어진 무인도에서 평생을 보내게 될 것이다. 그리고 우리는 1년에 한 번씩 그의 상태를 확인할 것이다."

각 매스컴은 판사의 명판결을 대대적으로 보도했습니다. 사형제도를 부활시켜야 한다는 여론도 있었지만, 그 살인범은 고독을 못 참고 자살할 것이므로 사형과 같다고들 생각했습니다.

마침내 살인범은 무인도로 추방당하게 되었고, 최소한의 배려로 판사는 씨를 뿌리고 수확을 얻을 때까지의 의식주를 살인범에게 지급하도록 했습니다.

판사는 정년퇴임을 했고 시간은 흘렀습니다. 판결이 내려진 지 1년이 되던 날, 경찰과 법정 관계자들이 무인도를 찾아갔습니다. 살인범의 현황을 직접 확인하기 위해서였지요.

그런데 마르고 힘들어 보이긴 했지만 살인범이 멀쩡히 살아 있는 것이 아닙니까? 놀랍긴 했으나 모두들 그가 앞으로 죽을 날이 얼마 남지 않았다고 생각했습니다. 1년 정도야 누구나 참을 수 있지만 2년은 힘들 것이라고.

다시 1년이 지났습니다. 이번에도 무인도로 관계자들이 찾아갔지만, 여전히 살인범은 살아 있었고, 이번엔 행복해 보이기까지 했죠.

10년이 지나 열 번째로 무인도를 방문할 때는 무인도 유배를 결정했던 판사도 동행했습니다. 판사는 아직도 그 살인범이 살아 있다는 얘기가 믿어지지 않았습니다. 판사는, 누구나 고독 앞에서는 죽음을 기다리는 법이라고 생각했던 거죠.

이윽고 무인도에 도착한 그들은 나무넝쿨 집에서 단잠을 자고 일어난 편안한 얼굴의 살인범을 만날 수 있었습니다. 판사는 믿을 수 없다는 표정을 지었습니다.

"도대체 고독을 어떻게 이겨냈는가?"

살인범이 미소지으며 대답했습니다.

"판사님 생각대로 인간에게 가장 무거운 벌은 분명히 고독이었습니다. 홀로 무인도에 남겨졌을 때, 차라리 자살이 낫겠다고 믿었습니다. 가장 양지바른 곳을 찾아 칡넝쿨로 끈을 만들어 목을 매달려는 바로 그 순간….."

"어떻게 되었나?"

"무인도가 말하더군요. 이봐, 죽지 마. 그동안 나는 얼마나 고독했는지 몰라. 너에게는 내가, 나에겐 네가 있잖아. 우리 같이 행복하게 살자. 자연과 어울리는 법을 내가 가르쳐 줄게…. 이렇게 말하지 않겠어요? 자연을 배우는 데 3년의 시간을 힘들게 보낸 후, 지금은 이렇게 평화롭게 무인도와 살고 있습니다."

가난한 연인의 초콜릿

 신혼 시절, 새벽에 우유를 배달했던 남편이 집으로 돌아올 때마다 가게에 들러 300원짜리 초콜릿을 사들고 왔던 기억이 떠오릅니다.

너무나 가난한 연인이었던 우리는 연애 때부터 커피값도 아까워 주로 공원 벤치에 앉아, 초콜릿을 좋아하는 나를 위해 그가 사 온 300원짜리 초콜릿을 갈라 다정히 나눠 먹곤 했습니다. 조그만 초콜릿 한 개로 그만큼 달콤한 사랑을 키워 나간 것이었죠.

비가 오나 눈이 오나 하루도 쉬지 않고 우유배달이 끝나면 어김없이 초콜릿을 사들고 오던 그이가 어느 날인가 비싼(?) 천 원짜리 고

급 초콜릿을 사들고 온 적이 있었습니다. 나는 무슨 일로 천 원짜리를 사왔느냐고 물을 수밖에 없었습니다.

"무슨 일이라도 있는 거야?"

"바보, 오늘이 우리가 만난 지 1주년 되는 날이잖아!"

그의 이 말 한 마디에 코끝이 찡해지기 시작했습니다.

우린 너무나 가난해서 남들처럼 좋은 식당에서 외식을 하지도, 비싼 선물을 나누지도 못했지만 따뜻한 사랑 하나만으로 세상을 다 가진 느낌이었습니다.

지금은 결혼을 한 지 무척이나 오래 되었고, 우유배달을 할 만큼 쪼들리는 생활도 오래 전에 마감했습니다. 그렇지만 속상한 일이 있을 때, 다투고 났을 때, 남편은 여전히 초콜릿으로 화해를 청하곤 한답니다. 그러면 나는 젊은 시절 그가 내게 보여 주었던 초콜릿 사랑을 생각하며 웃음짓게 되지요.

나이는 숫자일 뿐

한 공장의 야간 경비로 일해온 박 씨는 어느덧 정년을 맞을 나이가 되었습니다. 하지만 박씨는 별로 걱정하지 않았습니다. 아직 건강한 데다 그의 상사인 관리부장은 자기가 지금의 자리에 있는 한 결코 박 씨를 강제로 퇴직시키지 않겠다고 약속했기 때문입니다.

그런데 공교롭게도 관리부장은 과로가 쌓인 탓인지 간이 나빠져 갑작스레 퇴사하고 말았습니다. 그의 후임으로는 박 씨보다 훨씬 젊은 사람이 들어왔죠.

박 씨는 걱정하기 시작했습니다. 계속 일할 수 있다면 봉급은 더 이상 올려 주지 않아도 좋다고 생각하는 그였기에, 신임 부장이 머지않아 사표를 내라고 하지 않을까 전전긍긍했습니다.

그러던 중, 박 씨는 신임 부장이 자길 가리켜 '노인네'라고 말하는 모습을 보았습니다. 그 순간, '역시 저 사람은 나를 노인으로 보고 있구나. 곧 쫓겨나겠지' 싶었습니다.

아침에 거울에 비친 자신의 흰머리가 더 희게 느껴졌습니다. 자신의 직장 생활이 얼마 남지 않았다고 생각한 그는 아내에게 자기가 며칠 안에 해고를 당하더라도 충격 받지 말라고 당부해 뒀습니다.

힘은 나지 않았지만 유종의 미를 거두겠다는 생각으로 마음을 단단히 먹고 더욱 열심히 일했습니다. 입사이래 그만큼 일을 부지런히 한 적은 없었습니다. 그의 동년배 대부분이 그 나이쯤 되면 한가롭게 지내는 것을 당연하게 여기고 있는데 말입니다.

그런 그가 어느 날 아침에 뜻밖의 얘기를 듣게 됐습니다. 야근으로 하룻밤을 꼬박 새우고 사무실을 나가려고 할 때였습니다. 관리 부장의 방에서 나누는 이야기 소리가 들려왔습니다.

"어제 박 씨의 근무 기록을 봤는데 아주 놀랐어요. 이전에 계시던 부장님한테 들어서 알고는 있었지만, 그 정도로 열심히 일하는 줄은 몰랐어요. 근데, 박 씨는 다 좋은데 너무 말이 없어요. 집안에 무슨 일이라도 있는지, 아니면 나이 탓인 건지…. 요즘처럼 계속 얼굴이 굳어서 다니면 곤란한데 말입니다."

　이 말을 들은 박 씨는 마음이 날아갈 듯 휘파람이 절로 나왔습니다. 이튿날, 그는 이전처럼 구김살 없는 밝은 모습으로 되돌아와 있었습니다.

가발 쓴 소녀

 니키의 불행은 그녀가 고등학교 1학년 때 백혈병을 앓으면서 시작됐습니다. 계속되는 치료로 머리카락이 완전히 빠지기에 이르렀죠.

2학년을 마칠 무렵 니키는 가발을 샀습니다. 불편하기 짝이 없었지만 가발을 쓴 모습이 그나마 조금 나아 보였으니까요.

원래 니키는 학교 안에서 인기가 많은 학생이었습니다. 치어리더로 활동하는 쾌활한 성격의 그녀를 항상 친구들이 둘러싸고 있었죠. 그러나, 이제 상황은 완전히 달라졌습니다.

말할 수 없이 큰 고통일 줄 알면서도 아이들은 그녀의 가발을 벗

기며 놀려 대고 장난쳤습니다. 당황한 니키는 재빨리 가발을 주워 쓰며 눈물을 닦았습니다.

보름 동안 이런 상황이 계속되면서 부모님도 이 사실을 알게 되었습니다. 사랑하는 딸이 백혈병으로 죽어가고 있는데 3학년으로 진급하는 것이 무슨 의미가 있겠습니까. 부모님이 학교에 가지 말고 집에서 마음 편히 지내라고 설득하자 니키가 울먹였습니다.

"머리가 빠지는 것은 아무 것도 아니에요. 그건 참을 수 있어요. 제 인생이 끝나는 거요? 그것도 이젠 받아들일 수 있어요. 하지만 친구를 잃는다는 게 어떤 건지 아세요?

복도를 걸어가면 마치 모세가 바다를 가르듯이 아이들이 양쪽으로 갈라져요. 내가 쓰는 학교 사물함의 왼쪽 오른쪽 칸은 늘 비어 있어요. 죽을병에, 가발까지 쓴 애와 나란히 사물함을 쓰기 싫대요."

부모의 간곡한 설득으로 니키는 며칠 동안 집에만 머물렀습니다. 그런데 주말이 가까워졌을 때 그녀가 다시 학교에 가겠다고 단호히 말했습니다.

더 나쁜 상황이 일어나지 않을까 걱정스러웠지만 부모는 아무 말 없이 니키를 학교까지 태워다 주었습니다. 차에서 내리며 니키가 부모님에게 조용히 물었습니다.

"엄마, 아빠. 제가 오늘 무슨 일을 하려는지 맞춰 보세요."

니키의 눈에는 눈물이 어려 있었습니다. 그러나 그 눈물은 기쁨과 생명에 대한 의지에서 나오는 눈물이었습니다.

"죽기 전에 오늘 난 누가 나의 진정한 친구인지 알아낼 거예요."

가발을 벗어 자동차 뒷좌석에 내려 놓는 니키의 얼굴엔 어떤 비장함까지 느껴졌습니다.

니키는 학교를 향해 걸어갔습니다. 긴장된 표정으로, 그러나 당당하게 6백 명의 학생들 속으로 걸어 들어갔습니다.

그녀가 운동장을 지나 교실로 들어가는 동안 아무도 니키를 못 살게 굴지 않았습니다. 단 한 사람도 진정한 용기를 가진 이 소녀를 놀릴 수가 없었습니다.

사람은 두려움과 진정으로 맞서 싸울 때 힘과 경험과 자신감을 얻는다고 합니다. 당신이 할 수 없다고 생각하는 그 일에 지금 부딪쳐 보세요.

니키는, 두 아이를 가진 평범한 주부가 되어있습니다. 다들 불가능할 것처럼 여겼던 새로운 삶을 살고 있습니다.

같은 꿈을 꾸는 사람

나는 하루에도 몇 번씩 무엇을 하며 살까, 어떻게 사는 것이 행복한 일일까 생각합니다. 이런 말을 들으면, 실업자 아니면 사회 초년생이 아닐까 짐작하겠지만 이래뵈도 나는 경력 7년의 주부 공무원입니다.

남들은 공무원이 내게 어울리는 천직이라고들 하지만, 정작 나는 늘 또 다른 꿈을 꾸며 삽니다. 시간만 나면 나는 남편을 붙잡고 "여보, 이건 어때?"로 시작하는 사업설명을 늘어놓습니다. 그러면 남편은 그저 빙그레 웃기만 하죠.

그날 역시 이렇게 저렇게 할 거라며 앞으로의 계획에 대해 한참을

상기된 목소리로 떠들다가 그저 웃기만 하는 남편을 깨닫고 멋쩍어
졌습니다.

'아니, 마누라가 인생목표에 대해 심사숙고해서 계획을 내놓으면
무슨 말이라도 한 마디 해 줘야 하는 거 아냐?'

나도 모르게 남편의 시큰둥한 반응에 힘이 빠지면서 심통이 났습
니다.

"도대체 당신 꿈은 뭐야? 아니, 꿈이 있기나 한 거야? 그래, 그렇
게 살아 봐라. 아무 생각 없이 회사만 왔다갔다하지? 흥! 불쌍하다,
불쌍해!"

그랬더니 남편은 히죽히죽 웃으며 이렇게 대답하지 않겠어요?

"내 꿈은 당신 꿈을 이뤄 주는 거야."

순간 나는 웃어야 할지 울어야 할지….

나의 꿈만을 소중히 여기며 기필코 뭔가를 이루고자 기를 쓰면서
도 정작 내 남편의 꿈은 무엇인지 헤아려 본 적이 없었습니다.

아내를 한심하다고 생각하지 않고 늘 빙그레 웃어 준 사람. 말하
지 않았던 남편의 소박한 꿈, 그게 다름 아닌 나를 위한 외조였다
니….

나는 올해 초, 김밥 장사부터 별별 기발한 장사까지, 한 번쯤 생각
했던 수많은 꿈들을 접고 이제 한 가지 목표만 생각하며 살겠다고
결심했습니다. 뒤늦게 시작한 유아교육 공부를 마치고 평생 아이들
과 함께 하는 선생님이 되는 것, 그게 내 꿈이고, 내 꿈을 이뤄 주
려는 남편의 꿈이니까요.

손이 만든 행복

 소아마비를 앓은 나는 어린 시절, 친구 한 명 없이 늘 집에서만 혼자 지냈습니다. 그런 나에게 '말'이라는 별명이 꼬리표처럼 붙어 다니던 아픈 기억이 남아 있습니다.

동네 아이들이 골목이 떠들썩하도록 놀고 있을 때 방에서 웅크리고 있던 나는 문득 바깥 세상이 너무도 그리웠습니다. 철없는 마음에 신발에다 손을 넣고 네 발로 기어서 밖으로 나갔습니다.

그런데 내 모습을 보자마자 아이들은 마치 희귀 동물이라도 만난 듯 손가락질하며 "야! 말이다, 말" 하고 놀려 대는 것이었습니다.

그러나 저는 눈물을 꾸역꾸역 삼키면서도 다시 집으로 들어가지 않았습니다. 이대로 돌아서면 영영 밖으로 나올 수 없을 것 같았으니까요.

지독한 외로움으로 사춘기를 보낸 나는 스물두 살에 지금의 남편을 만나 결혼했습니다. 라디오 프로그램을 통해 친구를 사귀고 싶다는 나의 사연이 소개되었는데, 제주도에 살고 있던 남편이 방송을 듣고 편지를 보내온 것이 계기가 되었죠.

출산을 하기까지, 나의 장애가 대물림되지 않을까 노심초사했습니다. 그러나 다행히 아이들은 정상적으로 잘 자라 주었습니다.

요즘 나는 달마다 어려운 살림에도 남편과 함께 장애인 시설을 찾아가 작은 봉사를 하고 있습니다. 지난 달에는 자기도 가겠다며 따라 나서는 아들 녀석과 처음으로 함께 방문하게 되었습니다.

도착한 시간이 마침 점심 때라, 아들은 손가락도 뜻대로 움직이지 못 하는 한 뇌성마비 아가씨가 봉사자의 도움으로 힘겹게 밥을 먹는 모습을 보게 되었습니다. 지켜보던 녀석이 갑자기 닭똥 같은 눈물을 뚝뚝 흘리며 두 손을 모으고 기도했습니다. 당황한 나는 아이의 기도가 끝나길 기다렸죠.

"엄마, 사실 나 하느님을 얼마나 많이 미워했는지 몰라요. 우리 엄마를 못 걷게 만들어서요. 그런데 지금 용서해 달라고 했어요. 저 누나를 보니까 엄마 손을 건강하게 만들어 주셔서 고맙다는 생각이 들었어요. 그리고 저 누나도 우리 엄마처럼 튼튼한 손으로 만들어 달라고 기도했어요."

나의 가슴에 벅찬 감동이 밀려왔습니다.

네 발로 기어다니며 놀림받던 내가 이제는 그 손으로 사랑하는 남편과 아이들을 위해 빨래를 하고, 청소를 하며, 무슨 음식으로 사랑하는 가족의 입을 즐겁게 할까 생각하고 있으니 얼마나 행복한지 모르겠습니다.

대궐 같은 단칸방

한적한 고을의 원님이 마을을 돌아보고 있을 때였습니다.

도중에 담 밖까지 울리는 고함소리를 들었습니다. 무슨 소리인가 싶어서 싸움 소리가 나는 집으로 들어가자, 주인인 듯한 사내와 부인이 정신 없이 소리를 질러 대고 있었습니다.

원님은 이방을 시켜 그들을 말리고 무슨 일로 싸우는지 물어 보았습니다.

"아이고, 나리, 제발 저 좀 살려 주십시오. 정말 미칠 지경입니다!"

"무엇 때문에 그러는가?"

"저희 식구는 모두 단칸방 신세를 지고 있습니다. 게다가 최근에 돌림병을 피해서 친척들도 와서 같이 살고 있습니다. 서로 고함치고 비명을 지르고….

지저분하기도 돼지우리나 가축 사육장과 다름없습니다. 정말 미쳐버릴 것만 같습니다요. 그러다 보니 신경은 잔뜩 날카로워져서 사소한 일로도 마누라와 시비가 생깁니다."

집 주인은 원님에게 하소연하듯이 말했습니다. 혹시 원님의 도움으로 집을 넓힐 수 있지 않을까 하는 기대감도 있었습니다.

사내의 말을 다 듣고 난 후 원님이 물었습니다.

"자네, 그렇다면 내가 하라는 대로 뭐든지 할 수 있겠는가? 조금은 어려운 방법이네만."

"여부가 있겠습니까? 무슨 일이든 다 하겠습니다."

사내는 원님이 어떤 방법을 알려줄지 잔뜩 기대하고 귀를 기울였습니다.

"그렇다면 좋네. 자네 집에는 가축이 모두 몇 마리나 있는가?"

원님의 물음에 집 마당을 슬쩍 돌아 본 뒤 사내가 대답했습니다.

"소 한 마리에 닭이 네 마리, 그리고 염소가 한 마리 있습니다요."

사내의 대답을 듣자, 원님은 미소를 지으면서 말했습니다.

"그러면 됐네. 그 가축들을 모두 그 단칸방에 넣게. 그리고 일주일이 지나서 나를 찾아오게나. 어이, 이방은 그대로 시행하는지 잘 살피게나."

가뜩이나 비좁은 방에 가축들까지 집어넣으라니! 사내는 괜한 말을 꺼낸 것 같아 후회하기 시작했습니다. 그러나 별도리가 없었지요. 자신은 이미 뭐든지 시키는 대로 하겠다고 원님과 약속했을 뿐더러 이방이 옆에서 빤히 쳐다보고 있었으니까요.

일주일 후 그 사내가 원님을 찾아왔을 때 그의 모습은 나아지기는 커녕 행색이 비참하기 이를 데 없었습니다. 목소리도 잔뜩 기어들어가 있었습니다.

"모두가 엉망진창이 되고 말았습니다. 더럽고, 냄새나고, 시끄럽고…. 이제 우리 온 식구가 미쳐버리기 직전입니다!"

사내의 말에 원님은 다음 방법을 일러줬다.

"자, 이젠 됐네. 어서 집으로 돌아가 가축들을 원래 있던 자리에 데려다 놓게나. 닭은 마당에 소는 외양간에, 염소도 말일세."

사내는 머리를 조아리고 난 후 재빨리 집으로 뛰어갔습니다.

며칠 뒤, 이번엔 사내가 아내와 함께 원님을 찾아 방문했습니다.

"가축들을 방에서 내몰고 나니까 저희 집은 마치 천당처럼 조용하고 깨끗하게 변했습니다. 전보다 집도 훨씬 커진 것 같구요. 원님, 저희가 얼마나 행복하게 살 수 있는 사람들인지 깨닫게 해 주셔서 감사합니다."

손을 꼭 잡은 부부의 두 눈엔 전에 볼 수 없었던 기쁨이 반짝였습니다.

아버지가 싸 준 도시락

아버지에게서 도시락을 건네 받은 향숙이는 몰래 얼굴을 찡그렸습니다.

향숙이는 아버지가 싸주는 도시락이 싫었습니다. 언제나 희멀건 무김치가 든 도시락 뚜껑을 열면 풍겨 나오는 시큼한 냄새에 신물이 날 지경이었습니다.

점심시간이면 살짝 교실을 빠져 나와 운동장 한켠에 쪼그리고 앉아 있는 날이 많았습니다. 가난이 싫었고 궁상맞은 아버지가 미웠고, 엄마 있는 친구들의 먹음직스런 도시락이 부러웠습니다.

다음 날 아침 향숙이는 이불 속에 누워 학교에 갈까말까 망설이고 있었습니다. 소풍가는 날에도 김밥은커녕 희멀건 무김치만 든 도시락을 들고 갈 자신이 정말 없었으니까요.

"향숙아, 오늘 소풍날이지? 어여 밥먹고 가. 아빠가 맛있는 반찬 싸났다."

맛있는 반찬이라는 말에 향숙이는 벌떡 일어났습니다. 웃음이 비어져 나오는 향숙이에게 아버지도 흐뭇한 얼굴로 도시락을 건네주었습니다.

기다리던 점심시간이 되었습니다. 오늘만큼은 향숙이도 옹기종기 모여 앉은 친구들 사이에서 자신 있게 도시락 뚜껑을 열었습니다. 그러나 순간, 시큼한 김치 냄새가 콧속으로 확 풍겨왔습니다.

창피함에 얼굴이 벌개진 향숙이는 얼른 도시락을 덮고 언덕길을 달려 내려갔습니다. 아버지가 원망스럽기 그지없었습니다. 아버지에게 따지겠다는 생각밖에 없었습니다.

향숙이가 집으로 돌아왔을 때, 마침 아버지는 논일에서 돌아와 쉬고 있던 참이었습니다. 딸이 씩씩거리며 들어오는 것을 놀라 바라보는 아버지 앞에서 향숙이는 도시락을 매섭게 내던졌습니다.

"아니, 얘가….."

"아빠, 왜 그런 거짓말을 해! 냄새 나는 김치, 이제 진짜 신물 난
단 말야!"

그러자 아버지가 안타깝게 타일렀습니다.

"아까워서 어쩌나. 향숙아, 자세히 봤어야지. 남들이 빼앗아 먹을
까봐 김치 속에 고기반찬 숨겨 뒀는데….."

향숙이는 흙 묻은 반찬을 주워 담는 아버지를 등진 채 울음을 터
뜨리고 말았습니다.

화가의 과일 사는 법

 여름날 갑자기 비가 쏟아져 부인은 우산을 들고 버스 정류장으로 외출한 남편을 마중 나갔습니다. 정류장엔 가족들을 기다리는 다른 사람들도 많았습니다.

한참 기다린 후에야 버스에서 내리는 남편의 모습이 보였습니다. 부인은 얼른 버스 옆에 다가가 남편이 비에 맞을 새라 우산을 받쳐 주었습니다. 그러자 남편은 부인의 이 같은 배려에, 고생스럽게 뭣하러 나왔느냐며 퉁명스럽게 말했습니다. 하지만 우산을 받아 든 그의 얼굴에는 기뻐하는 모습이 역력했지요.

남편과 함께 집으로 가는데 길가에서 과일을 파는 아주머니 몇 분이 우산을 쓰고 나란히 앉아 있는 모습이 보였습니다. 그 옆을 지나 던 남편은 갑자기 걸음을 멈추더니 아이들에게 과일을 좀 사다 주 자고 제안했습니다.

그런 뒤 제일 처음에 계신 아주머니께 사과 몇 개, 다음 분께 몇 개, 또 다음 분께 몇 개를 골고루 나누어 사는 것이었습니다.

"비도 오는데 한 군데서 사지 왜 그래요?"

부인이 의아한 듯 물었습니다. 그가 값을 치르며 대답했습니다.

"한 아주머니한테만 사면 딴 분들이 섭섭해 하잖아."

이 말에 부인은 빙그레 웃으며 남편이 건네는 사과 봉지를 나눠 들었습니다.

이 남편은 훗날 우리 나라를 대표하는 화가가 된 박수근 씨입니 다. 언제나 평범한 이웃집 아주머니나 할머니, 할아버지, 아이들을 단순하게 즐겨 그렸던 박수근 씨의 그림이 그렇듯, 그의 일상의 모 습도 소탈하고 자상했던 모양입니다.

지폐보다 큰 동전

간호사 실습으로 나간 소아 암 병동에서 만났던 귀여운 아이 이야기를 할까 합니다.

"지혜야, 언니가 동화책 읽어 줄까?"

"……"

"그럼 지혜가 언니한테 노래 하나 불러줄래?"

"……"

그 아이는 제가 무슨 이야기를 해도 별 반응이 없는 아이였습니다. 주사를 놓을 때도 소리 없이 아픔을 애써 참고 있는 듯 했습니다. 지혜가 말수가 없는 것은, 오랫동안 대화할 상대가 없어서 굳어진 습관 같은 것이었습니다.

지혜의 부모님은 이혼한 후, 엄마는 재가를, 아빠는 건설 인력으로 외국에 나간 상태였습니다. 그래서 지혜에게는 나이 드신 할머니만 가끔 병문안을 와 줄 뿐이었죠.

할머니가 병원비를 댈 형편이 못 되어 지혜는 그동안 병원장이 지원하는 보조금으로 치료해 왔습니다. 그러나 병원장이 바뀌면서 그마저 포기하고 어쩔 수 없이 퇴원해야만 하는 상황이 됐습니다.

그래서 몇몇 간호사와 의사들이 퇴원을 앞둔 지혜를 위해 병실에서 조그만 송별파티를 열기로 했습니다. 바쁘다는 핑계로 선물다운 선물 하나 준비하지 못 했던 나는 꾀를 내었습니다.

"지혜야, 여기 백 원짜리, 천 원짜리, 만 원짜리 중에 네가 제일 갖고 싶어하는 걸 하나 뽑아 봐."

그 방에 있던 우리 모두는 지혜가 당연히 만 원짜리 지폐를 집을 줄 알았습니다. 그런데 지혜는 주저하지 않고 백 원짜리 동전을 집어 들더군요.

"우리 지혜, 아직 어떤 게 큰돈인지 모르는가 보네. 이중에는 만 원짜리가 제일 좋은 거야, 동전 대신에 이걸로 바꾸자, 응?"

그러나 뜻밖의 대답에 나는 어린 지혜 앞에서 눈물을 보이지 않으려고 애를 써야 했습니다.

　"저는 백 원짜리 동전이 제일 좋아요. 백 원짜리는 멀리 있는 우리 엄마랑 얘기할 수 있게 해 주거든요…."

　병실 안에 있던 모든 사람들은 자기 호주머니 속의 동전을 있는 대로 털어서 아이의 손에 꼬옥 쥐어 주었습니다.

그들이 싸우지 않는 비결

이웃에 사는 두 집의 이야기입니다.

한쪽 집 부부는 네 살 난 여자 아이 하나를 기르며 살고 있는데, 어찌된 일인지 그들은 하루도 싸움을 거르는 날이 없었습니다. 사소한 일을 빌미로 낯뜨거운 욕지거리를 하며 불쾌한 나날을 보내는 부부였습니다.

또 다른 옆집의 부부는 결혼한 지 8년째로, 시부모를 모시고 두 아이와 함께 살고 있지만 여태껏 싸워 본 적이 없었습니다. 온 집안 식구들이 언제나 싱글벙글 웃는 낯이었죠.

부부싸움을 마치 하루 일과처럼 벌이는 이웃 부부로서는 정말 이해하기 어려운 수수께끼였습니다.

동네 반상회가 있던 어느 날, 문제의 두 집안 사람들이 같이 만나게 되었습니다. 싸움이 잦은 집 부부가 은근히 그 비결을 물어 보았습니다.

"대체 어떻게 해서 그 많은 가족들이 싸움 한 번 안 하고 살아가십니까? 그 비결을 좀 가르쳐 주십시오."

옆집의 부부는 웃음을 지으며 대답했습니다.

"아, 그거요? 별로 이상한 일은 아니지요. 댁의 가정에서 부부싸움이 그치지 않는 것은 두 분께서 다 착한 사람이기 때문입니다. 그리고 우리 집에 싸움이 없는 것은 모두 나쁜 사람들만 모여 있기 때문이고요."

"착한 사람만 사는 집에 싸움이 있고 나쁜 사람만 모인 집에는 싸움이 없다니요?"

"음, 예를 들면 이런 경우지요. 내가 방 가운데 놓여 있는 물주전자를 모르고 발로 차서 엎질렀다고 합시다. 나는 '아, 이건 내가 부주의해서 그랬으니 내가 잘못했다'고 합니다.

그러면 내 아내는 '아니에요. 당신 잘못이 아니라 빨리 치우지 않은 내가 잘못이에요' 하고 미안해 하지요. 그러면 우리 어머니께서도 '아니다, 얘들아. 내가 옆에 한가하게 있으면서도 그걸 보고만 있었으니 내 잘못이 크구나' 라고 말씀하시고요.

모두가 자진해서 나쁜 사람이 되려고 하는 겁니다. 싸움을 걸고 싶어도 그렇게 되면 할 수가 없지 않습니까? 그런데, 댁에서 두 분은 그런 경우에 어떻게들 말씀하시나요?"

이 말을 듣고 싸움 잦은 부부는 얼굴을 붉히며 고개 숙였습니다.

내 눈에 비친 세상은

 아마 작년 여름이었죠. 갑자기 세찬 소나기가 내려 나를 비롯한 사람들은 비를 피하려고 이리저리 뛰었습니다.

그런데 문득 차양 밑에서 비를 피할 수 있을 만한 상점이 보이더군요. 얼른 그 밑으로 달려가 몸을 움츠렸습니다.

처음에는 나 혼자였는데, 하나 둘 사람들이 모이더니 이내 자리는 발 디딜 틈 없이 꽉 차게 되었습니다. 할아버지와 젊은 학생들, 그외 몇몇 사람들….

그런데 저만치에서 뚱뚱한 아주머니가 달려오시더니 무작정 사람들 사이로 끼어들더군요. 그 바람에 차양 밖으로 밀려 나간 젊은 학생 하나가 어이없다는 듯이 아주머니를 바라보았습니다. 그러자 할아버지께서 겸연쩍은 미소를 보이며 말씀하셨습니다.

"세상은 그런 것이라네."

그 말을 들은 학생은 어디론가 뛰어가더니, 뜻밖에도 다시 와서 비닐 우산을 사람마다 나눠 주었습니다. 그리곤 이렇게 말했습니다.

"세상은 절대 그런 게 아닙니다."

머슴살이 마지막 날

"이번 추수가 끝났으니 자네들이 우리 집에서 일한 지 10년이 지났네. 약속한 대로 자네들은 내일부터 자유의 몸이야. 고생 많았네."

만석꾼 주인이 두 명의 하인들을 불러 놓고 말했습니다.

"그런데 한 가지 부탁이 있네. 이번 햅쌀을 담을 가마니가 부족하거든. 오늘 밤부터 내일 정오까지 가마니를 짜 주었으면 좋겠네. 아마 가마니 짜기가 우리 집에서 하는 마지막 일이 될 거야."

빚 청산을 위해서 10년간 머슴살이 해 온 두 사람에게 마지막 일거리를 주고서 주인은 총총히 방으로 들어갔습니다.

한 하인이 불평을 늘어놓았습니다.

"10년 동안 부려먹었으면 됐지, 또 가마니를 짜라구? 남들은 추수 끝났다고 놀고 마시는데 말이야. 오늘밤만 지나면 나도 눈치보지 않고 살 수 있는 몸인데."

그러자 다른 머슴이 말했습니다.

"불평만 하지 마. 세상에 우리 주인 같은 사람이 또 어딨나. 게다가 내일부터는 약속대로 우리를 자유의 몸으로 놓아 준다잖아. 마지막 일이니까 열심히 하자고."

그는 곧 가마니를 짜기 시작했습니다.

불평하던 머슴도 가마니를 짜려고 앉았지만 다른 때처럼 빠른 손놀림은 아니었습니다. 밤새 튼튼히 짠다면 넉 장 정도 짜낼 수 있었지만, 마지막 일이라는 생각으로 설경설경 석 장을 겨우 만든 뒤에 잔치가 벌어지는 뒷마당에 가서 술을 마시고 잠들었습니다.

역시 마지막 일이라는 생각에 다른 머슴은 여느 때보다 더욱 튼튼하고 촘촘하게 다섯 장의 큰 가마니를 만들었습니다.

다음 날 정오, 아침 일찍 일어나 다시 가마니를 짜던 머슴과 느지막이 일어나서 술기운 가득히 가마니를 짜던 두 머슴을 만석꾼 주인이 마당으로 불렀습니다.

"10년 동안 내 집에서 고생이 많았네. 자네들이 열심히 일해 준 덕분에 우리 집 재산이 많이 늘었지. 이제 자네들을 그냥 보내기 섭섭하니 고향 가는 선물이라도 주려고 하네. 어젯밤부터 짠 가마니를 다 가져오게나. 자네들이 짠 가마니에다가 광에 있는 햅쌀을 가득 담아줌세."

주인은 창고 문을 활짝 열고 머슴들이 짠 가마니에 아낌없이 쌀을 부어 주었습니다. 부지런한 머슴이 환한 얼굴로 가마니를 꾸리는 동안, 게으른 머슴은 자신의 가마니 사이로 쌀이 숭숭 빠져 나가는 모습을 원통히 지켜 볼 수밖에 없었습니다.

소년과 강아지

'강아지 팝니다'라는 간판이 붙은 가게 유리문으로 어린 소년이 강아지를 구경하고 있었습니다. 한참을 그러고 있기에 가게 주인이 문을 열고 나왔습니다.

"한 마리에 30달러다."

그만한 돈은 없을 테니 이렇게 말하면 그만 돌아가리라 생각했죠. 하지만 소년은 의외로 진지한 표정을 지으며 주머니를 뒤져 돈을 꺼냈습니다.

"지금 저한텐 2달러 37센트밖에 없는데, 그래도 강아지 좀 구경하면 안 될까요?"

소년의 태도에, 가게 주인은 기분 좋게 여러 강아지에 대해 간단한 설명까지 해 주었습니다.

그런데 유독 한 마리만은 다른 강아지들보다 눈에 띄게 작아 보였습니다. 다른 녀석들과 잘 어울리지도 못 하는지 한쪽 구석에 앉아 있는 것이었습니다.

소년은 얼른 그 강아지를 가리키며 물었다.

"저 강아지는 어디가 아픈가요?"

"수의사가 그러는데 저 놈은 날 때부터 엉덩이 관절에 이상이 있대. 몸만 작은 게 아니라 제대로 걷지도 못 해."

설명을 들은 소년이 흥분된 얼굴로 말했습니다.

"전 이 강아지를 사고 싶어요."

"뭐라고? 불구가 된 강아지를 돈 받고 팔순 없어. 달리지도 못하고 너랑 놀아 주지도 못 할 텐데…. 꼭 이 놈이 갖고 싶으면 차라리 그냥 가져가거라."

당황한 소년이 가게 주인의 눈을 똑바로 쳐다보았습니다.

"전 이 강아지를 공짜로 가져가고 싶지 않아요. 얘도 똑같은 강아지니까 돈을 전부 낼 거예요. 사실 지금은 돈이 없지만 값을 다 치를 때까지 달마다 5센트씩 갖다 드릴게요."

가게 주인은 할 수 없다는 듯 고개를 가로젓고는 유리 상자에서 강아지를 꺼내 주었습니다.

"우린 좋은 친구가 될 수 있을 것 같아요."

소년이 강아지를 소중하게 안고는 웃으며 뒤돌아섰습니다.

그런데 멀어져 가는 소년의 뒷모습을 본 주인은 놀라지 않을 수 없었습니다. 소년이 한쪽 다리를 절고 있었기 때문입니다.

정당한 대가

퇴근 무렵이라 작은 마을버스 안은 승객으로 가득 차 있었습니다. 긴 줄에서 중학생쯤 된 소년과 남루한 옷차림의 아버지가 마지막으로 버스에 올라탔습니다.

그 소년은 자기 옆에 서 있던 청년이 손에 들고 있는 책을 뚫어지게 쳐다보는 것이었습니다. 그 책은 한 대기업 총수의 자서전으로, 서점가에서 한창 베스트셀러로 팔리고 있는 것이었죠.

잠시 후, 소년의 시선을 의식한 청년이 소년에게 물었습니다.

"왜? 이 책에 관심 있니? 보고 싶어?"

소년은 굉장히 수줍어하며 웃기만 했습니다. 주위 사람들의 시선이 모두 그쪽으로 쏠렸고, 소년의 아버지는 당황해 하는 빛이 역력했습니다. 그때 청년이 소년의 아버지에게 말했습니다.

"아저씨, 혹시 천 원짜리 한 장 있으신가요?"

소년의 아버지는 주머니를 뒤져 청년에게 그 돈을 건네주었습니다. 물론 갑자기 무슨 일인가 하는 의아한 표정을 지으면서 말이죠. 이번엔 청년이 소년의 손에 책을 쥐어 주었습니다.

"이제 이 책은 네 거야. 아버지가 너한테 사주셨거든. 끝까지 잘 읽고, 인생에 도움이 됐으면 좋겠다."

소년은 청년의 말뜻을 이해하는지 꾸벅 고개 숙여 인사했습니다.

갑자기 마을버스 안이 환해진 느낌이었습니다.

안개꽃에 대한 단상

 나는 안개꽃을 좋아해요.
눈곱만한 흰 꽃들이 수도 없이 가지마다 달려 있는
모습이 예쁘기도 하고, 한아름씩 방안에 흩어 놓으면
하얀 꽃눈이 내린 것 같은 기분이 들기도 하거든요.
그렇지만 무엇보다 안개꽃이 좋은 이유는 혼자 있을 때뿐만 아니라 다른 꽃들과 놓아도 너무 잘 어울린다는 것 때문이에요.
만약 같은 흰색이라도, 국화 다발에 장미 한 송이를 함께 꽂아 둔다면 얼마나 안 어울리겠어요? 또 수많은 백합들 사이에 튤립, 맨드라미 같은 꽃이 섞여 있는 모습을 상상해 보세요. 정말 유치하게 보일 거예요.

하지만 안개꽃은 어느 꽃과도 잘 어울리잖아요. 아니 어울린다기보다는 오히려 다른 꽃들을 더욱 화려하게 만든다는 표현이 더 알맞을 것 같네요.

이 세상 사람들을 꽃으로 부른다면 나는 안개꽃 같은 사람이 되고 싶어요. 어디에 있든지 어떤 상황에서 어떤 사람을 만나든지 그들과 잘 어울리면서도 자신의 아름다움은 잃지 않는 안개꽃이고 싶어요.

먼 곳의 친구가 보내온 꽃다발

초판 인쇄 2002년 10월 10일
초판 발행 2002년 10월 12일
엮은이 김두식 홍제희
디자인 조희정
영업 최진호
발행인 김정열

(주)엔북
우) 121-817 서울 마포구 동교동 168-3 홍남빌딩 6층
http://www.nbook.seoul.kr
전화 02-334-2862
팩스 02-332-2479
메일 **goodbook@nbook.seoul.kr**

등록 제10-2110호
ISBN 89-89683-14-9 03810

값 5,500원